每個午夜都住著一個鬼故事の

別出聲，小心吵到鬼

原書名：情劫──每個午夜都住著一個詭故事Ⅲ

童亮 著

目錄

Contents

在經歷了怨靈復仇和惡鬼討債之後，村子裡終於得到了一時的風平浪靜……

《百驅術》另一半的出現卻讓我忐忑不安，因為，我無意中洞悉了現實中存在的恐怖隱患！而當我正為爺爺身體出現的反噬而猶豫不決難以啟齒時，村中竟驚現了「紅毛野人」的行蹤！

恐怖的氣氛籠罩了整個村落，一個個難解的謎團再次出現……

到底是什麼讓深埋在地下的腐屍行走在人煙稀少的荒郊野嶺？又是什麼樣的原因讓一個美豔的女人在夜半和爺爺冷漠周旋？不請自來的陌生道士為什麼要將喪屍養於身邊？唯美的《詩經》又與這些牽連著怎樣扯不斷的聯繫？而在千年之前到底發生了怎樣驚天動地的故事？

……

隨著馬岳雲爺孫一步步接近真相，而結局就越難以面對，難道這一切的發生，竟只是因為千年之前的一個不起眼的「錯誤」？

0:00，詭異的故事仍然在進行……

復活地

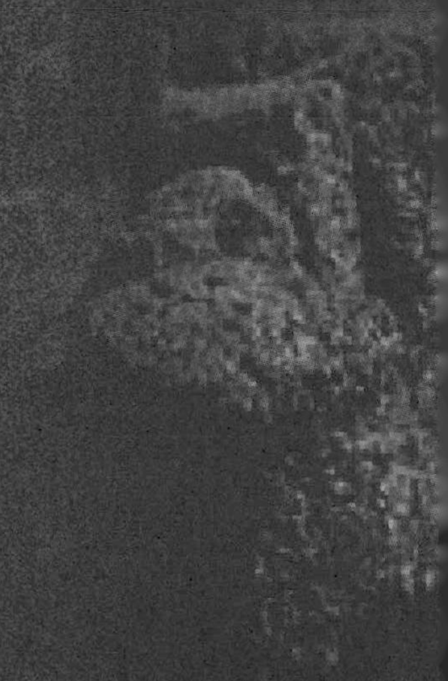

1

零點屬於昨天，還是屬於今天？

沒等我多想，湖南同學的聲音已經在我耳邊響起……

當然，土地能吸收精氣也不一定就能形成復活地。但是，當這塊土地吸收到了足夠多的精氣時，而這塊土地剛好埋葬了完好無損的屍體時，復活地就形成了。如果屍體缺胳膊少腿，這塊土地不能將旺盛的精氣注入屍體，從而使之成為紅毛鬼。所以說，獨特的土地和完好的屍體，兩者相輔相成，才能形成復活地，缺一不可。

屍體復活後，身上的汗毛都會變成鮮紅色，如毛細血管一般。頭髮、鬍鬚都是如此。眼睛也會由黑色變為紅色。

由於復活地形成的條件苛刻，所以紅毛鬼的出現機率相當微小。但是，文天村曾經出現過一起這樣的事情。剛發現紅毛鬼的時候，人們還以為它是人，只是毛髮和常人不同而已，故稱之為「紅毛野人」。

我正想將簸箕鬼和紅毛鬼的事情告訴爺爺。突然一聲大喊打斷了我的思維：「哎呀！

岳雲呀，你終於來了！快快快！這裡幾百號人等著你呢！」

原來是奶奶。

爺爺一聽，慌忙跑出昏暗的夾道。

「怎麼了？怎麼了？幾百號人等著我？出了什麼事啦？」爺爺向奶奶大聲問道。

「山爹復活啦，變成紅毛野人啦。快進屋來，這裡好多人都等著你呢。我盼星星盼月亮，就是沒有看到你回來。茶水都喝了我一缸了。」奶奶巍巍顛顛地跑過來，拉起我的手往屋裡走。

我心裡一驚，沒有來得及跟爺爺說，山爹就已經變成紅毛鬼了？

我和爺爺剛進屋，人們便圍了上來，個個面露焦急的神情。眼裡充滿了期待和乞求。

他們堵在門邊，我和爺爺進不了屋。

「怎麼了？」爺爺大喝一聲，眼睛在人群裡掃描一周，想找個說話清楚的人來詢問。大家都急著跟爺爺說這件事，爺爺一揮手，制止道：「我聽不了這麼多人說話，你們找個能說清的人出來就行了。」

眾人你推我，我推你，此時，一個黑頭髮和白頭髮一樣多的男人站了出來。他的大拇指的指甲從中裂成了兩瓣，從斷裂處可以看到他的指甲相當厚，有菜刀的背面那麼厚。很多上了年紀的除了農活沒有做過別的的人都這樣。

爺爺的指甲也這樣，並且手指甲和腳趾甲都這麼厚。我在學校的小商店買的指甲剪根本剪不了爺爺的指甲。因為爺爺的指甲伸不進去，根本夾不到。他要用剪布的裁縫剪刀才能修理新生出來的指甲。這樣厚的指甲不是整塊的，它像三合板一樣層層疊疊，修理的時候非常麻煩。

「我叫選婆。」那個人自我介紹道。這塊地方對不同的人有不同的稱呼，喜歡在人名後面帶一個語氣助詞。小孩的名字後面帶「呀哩」，大人後面帶「婆」，老人後面帶「爹」。這個自稱「選婆」的人的名字裡並沒有「婆」字，他可能在小時候被人叫「選呀哩」，現在被人叫「選婆」，老了還要被人叫「選爹」。

「我看見山爹了。」選婆說，「我正在田裡看水，路邊就有一個人叫我的名字『選婆呀，選婆呀』。聲音很怪，像青蛙一樣難聽。我想這是誰呢。不看就算了，轉頭一看，嚇得我差點沒一屁股坐在水田裡。」

其他人都把眼光暫時對向選婆。屋裡的燈光本來就暗，這麼多人一擠，我都看不清他的臉。那時的燈光不像現在的日光燈，如果一個人背著燈光站著，你很難看清他的正面是什麼樣，更別說在5瓦的白熾燈下是什麼狀況了。

「你看見什麼了？」爺爺語氣緩和地問道。

「我乍一看，一個通身紅色的人站在田埂上跟我打招呼呢！開始我還以為誰跟我開玩笑，故意嚇我。我再仔細一看，這人怎麼有些眼熟呢？」選婆喉嚨裡咕嚕一下，咽下一口口水，「這人可不是死去的山爹嗎？除了頭髮、鬍子、汗毛都變成了紅色，臉色蒼白一些，其他都跟死去的山爹沒有差別。我突然想起文天村以前發生過的事情，想起了紅毛野人。於是，我嚇得丟了鋤頭，尿了褲子，一路狂奔到家裡。」

爺爺摸摸鼻子，說：「這也不難理解。山爹的大腦還有殘留的記憶，可是這些記憶串聯不起來。所以它認識你並不稀奇。它沒有做什麼其他出格的事情吧？」

「怎麼沒有？！」選婆皺眉道。其他人跟著點頭。

「什麼事？」爺爺問道。

「它一路看見雄雞就扭斷脖子，然後就著斷處喝血。樣子真是恐怖極了。小孩子嚇得哇哇地哭，大人看了也心驚膽顫。」選婆邊說邊向兩邊探看，似乎怕山爹躲在人群裡聽到他的話。

選婆兩邊看了看，把嘴湊到爺爺的耳邊，細細地問道：「馬師傅啊，你不是說過雄雞的血可以驅鬼嗎？它怎麼倒喝起雄雞的血來了？它到底是不是鬼啊？」

其他人連忙把詢問的眼光集中在爺爺的身上。這麼多雙閃著微光的眼睛加起來比頭頂的白熾燈還要亮。

「這是類似於殭屍的鬼。只是殭屍是惡性的魄附在死的肉體上，這是惡性的魄附在活的肉體上。它是吸收了精氣而復活的屍體，精氣本身就有很盛的陽氣，加上它本身活的肉體有活的血液，所以它不怕雄雞的血。」爺爺解釋道。

「那就是說，它比殭屍還要厲害嘍？」選婆底氣不足地問道。他的兩隻手已經不由自主地開始顫抖了。估計再嚇他一下，他就會在褲子裡尿濕一大塊。

爺爺做了個深呼吸，緩緩地說：「是的。」

「那，那，那我不是完了？」選婆的聲音變成鴨子般嘶啞，「它先看見的我，是不是它首先會來找我啊？」

旁邊有個人安慰選婆道：「它要害你，早在叫你名字的時候就害你了，還能等到現在嗎？你就別杞人憂天了。馬師傅，你說是不是？」

2

爺爺伸出乾裂的大手捧住5瓦的燈泡，屋裡頓時暗了下來。我的後脊樑一股冷氣直往上冒。屋裡擁擠的百來個人頓時鴉雀無聲。

爺爺的手在燈泡上撫弄片刻，燈泡上的灰塵少了許多，屋裡比剛才亮多了。我這才看清選婆的臉，他的眉毛很淡，淡到幾乎沒有。

「那可不一定。」爺爺回答那人道，「等把你們那裡的雄雞都吃完了，它就會開始對村裡的人下手了。」

選婆望著頭頂的白熾燈，呆呆地看了半天，說：「難怪它見了雄雞就會扭斷脖子。村裡的雞吃完，它就會對我下手啦。」

爺爺撥開人群，找了個凳子坐下。眾人又圍著那個凳子，蹲的蹲，站的站，就是沒有人坐下。我忽然想起葬禮上作法的道士掛起來的圖案，那都是枯黃年久的布畫。上面畫有一個手捏蘭花的或佛或神或魔或王的圖像在正中間，善目慈眉。周圍是一群或蹲或立的小鬼小廝。

在淡淡的燈光下，爺爺就像道士的布畫上那個善目慈眉的人，而周圍的人就像各種各樣的小鬼。想到這裡，我不禁笑出聲來。

眾人都回過頭來，迷惑地看著我。我連忙收住笑聲，一本正經地聽爺爺和他們的交談。

爺爺把手撐在大腿上，又將大家掃視一遍，說：「它的腦袋裡還有殘留的記憶，所以能記住一些生前認識的人。」

「那它的親人和左鄰右舍應該不會受傷害了。」有人籲了一口氣，緊繃的神經舒緩下來，用手連連輕拍胸口。

「最先受到傷害的正是它生前的親人和鄰居。」爺爺認真地說，「因為它的記憶是殘缺不全的，它只記得這個人，但是不清楚這個人跟自己有什麼聯繫，更不會考慮到是不是自己的親人。因此，它會首先攻擊這些人。」

「啊？！」選婆尖叫道，「那，那我豈不是完了！馬師傅啊，你一定要救救我們啊。天哪，它會不會首先來找我啊！天哪，天哪！有什麼解救的方法沒有啊？」

爺爺並不答那人的話，轉而問其他人：「紅毛鬼現在到哪裡去了？還在水田邊上嗎？」

「它扭斷了幾十隻雞的脖子，然後不知道躲到哪裡去了。我們也不敢去找。」人群裡一個人回答。

「幸虧你們沒有人去找它。它力大無窮，你們十個人一起上也抓不住它的一隻胳膊。

它喝雞血喝飽了，就喜歡躲在柴垛裡休息。等肚子裡的東西消化了，它會又出來尋找吃的。」

「那萬一又碰到它，我們該怎麼辦？」有人焦急地問道。

「是呀，是呀。」其他人附和道。

我插言道：「你們只要提起它生前的醜事，它就會害怕。這是權宜之計。但是前提是它自己也還記得這件醜事。你們想想，它生前有什麼害怕人家知道的事情。」

爺爺對我的話點點頭，表示讚許。

「醜事？」選婆伸手撓著頭皮尋思道，「它有什麼醜事？我們一時從哪裡知道？就算有醜事，它也不會讓我們知道啊。俗話說家醜不外揚嘛。」

其他人點頭稱是。

爺爺笑道：「這種方法確實可以對付它，但是缺乏可操作性。」我尷尬地低下頭，安心聽他們談話。《百術驅》可不管你的方法是不是有可操作性。

「大家千萬不要提起水鬼的事情，如果引起它不樂意的記憶，它可能變得非常瘋狂。大家千萬要注意啊。知道嗎？」爺爺又掃視一周。

眾人連連點頭：「就是山爹還活著，我們也不能當他的面講這個事情啊。人都受不了，鬼哪能忍住！」

「大家記住了？」爺爺重新問道。眾人稱是。

「那我們走吧。」爺爺從凳子上站了起來。

「走？你去哪兒？」我問道，「難道現在就去對付紅毛鬼？」

奶奶也忙勸道：「你才從其他地方回來，也不休息一會兒？」

眾人也假惺惺地勸爺爺多休息一會兒，可是從他們的眼睛裡能輕易看出嘴不對心。他們這麼多人來到爺爺家，就是巴不得爺爺早點出面擺平紅毛鬼。

爺爺提了提自己的衣領，說：「走吧。早點去早點解決。免得它多害了幾條人命。」說罷，他走到牆角拿了一根竹扁擔。

眾人忙轉換口氣，紛紛說：「是啊是啊，遲早是要解決的，不如早一點。」

「這本身也怪我之前沒有想好，」爺爺扛起扁擔說，「我後來掐指算了，知道山爹的墳墓是要出事的，想在綠毛水妖的事情處理好後，就去破壞那塊復活地。可是沒想到這麼快，山爹就復活了。」

說到這裡，爺爺轉過頭來，看了我半天，說：「簸箕鬼那裡也出了問題，我是知道的。看來現在也只能先對付紅毛鬼了。」

我被爺爺這句突如其來的話弄迷糊了。難道爺爺已經知道簸箕鬼的事情了？我故意隱瞞著他，難道他也故意隱瞞著我？

我還沒有反應過來，爺爺已經大步跨出門了。眾人像串起來的辣椒一樣跟著他走出大門。奶奶忙回屋裡拿了一件大衣，趕出來披在爺爺的肩上。爺爺聳聳肩，扣住最上面的扣子，帶領大家走向山爹的埋葬地。

等大家都走出了大門，我才緩過神來，慌忙跟上去。奶奶又追上來非得要我加了件厚衣服。

山爹的埋葬地離畫眉村比較遠，翻過一座山，走過文天村，拐到大路上，再向左邊的大路走一段距離，才能到達。

一路上，眾人的嘴巴沒有消停，唧唧喳喳地發表著各自的驅鬼意見。有的建議挖個陷阱等著紅毛鬼像野獸一樣跳進來；有的建議用捉魚的網來捕，然後用麻繩吊起來；有的建議用打獵的鳥銃①把紅毛鬼的肚子打爛；有的建議找中學旁邊的歪道士來幫忙。

各人都說自己的建議好，吵得不可開交。經過文天村後又走了一段路，爺爺突然停住腳步，唾沫橫飛的眾人立即放棄自己的建議，靜靜地望著爺爺。

---

1. 鳥銃：舊時指槍一類的火器，是明朝對新式火繩槍的稱呼，因為槍口大小如鳥嘴，故稱為鳥銃，又稱鳥嘴銃。清朝改稱鳥槍。

3

「怎麼了？」選婆害怕地輕聲問爺爺。

爺爺眼朝前方探尋，手朝後面擺擺，示意大家不要吵。大家立即屏住呼吸，全神貫注地看著爺爺的一舉一動。

爺爺橫提了扁擔，躡手躡腳地朝前走。

紅毛鬼就在前面嗎？我心想道。大概後面的人都這麼想。

就這樣輕手輕腳地緩緩朝前走了半里多路，仍不見意想中的紅毛鬼出現，我不禁有些心浮氣躁。後面的人也按捺不住了，又交頭接耳地說起話來。

「噓──」爺爺回過頭來，將一個手指豎立在嘴唇前面。大家立即安靜下來。

「注意聽。」爺爺說。爺爺將一隻手從扁擔上移開，彎成龜背狀放在耳朵旁邊。大家學著他的動作細心聽周圍的聲音。

開始我也沒有聽到怪異的聲音，在將手放到耳朵旁邊時，我聽見了「呼呼」的聲音。那種聲音就像豬圈裡吃飽喝足了的懶豬發出的一樣。那是一種小聲而愜意的酣睡聲。剛才大家的腳步弄成沙沙的聲音，遮蓋了這細微的聲音。可是爺爺在半里路之外就聽到了這麼細微的聲音，不能不使人驚訝。

「是紅毛鬼的聲音？」選婆問道。

爺爺目視前方，沒有點頭也沒有搖頭。用不太好的比喻來說，爺爺警覺得像一隻晚上出來偷豆油的老鼠。

天色已經很晚了，我們腳下的大路模糊得只剩下一條抽象的白帶，路上的坑坑窪窪無法看清。忽然，道路像席子一樣捲起來，從對面不遠的地方一直朝我們捲過來。

爺爺大喊一聲：「快跑！」大家一下子跑得四散，有的乾脆跳進了路邊的水田裡，有的拼命朝相反的方向奔跑。

我也慌忙撤身回跑，捲起的路在我們後面緊追不捨。路像散開的衛生紙，而現在似乎有誰想將散開的衛生紙收起來。

我的大腳趾不小心踢在了堅硬的石頭上，疼得我牙齒打顫。可是顧不得這些，我只是拼命地奔跑。

「它沒有追來了。」不知是誰說了一聲。大家立即軟得像一攤泥似的癱坐在地上，還有幾個人由於慣性繼續奔跑，不過沒有剛才那麼拼命，兩隻手像棉線似的甩動。我發現在夜晚看人跑步和在白天看人跑步是兩種不同的感覺。夜晚跑步的人像一棵水草漂浮在深水一般的夜色裡，人的手腳沒有白天那種力度，反而像棉線一樣隨著身體甩動。

我回頭去看那條路，它已經緩下去了些，雖然沒有剛才那種嚇人的勢頭，但是仍如波浪一樣輕輕浮動，彷彿被風吹動的衛生紙。

「剛才是紅毛鬼施的法嗎？」一個人撐著膝蓋呼哧呼哧地問道。沒有人回答他。跑散的人拖著疲憊的步子重新聚集起來。

「剛才是紅毛鬼嗎？」那個人見爺爺走了過來，又問道。眾人把目光對向爺爺。

「不，」爺爺否定道，「剛才是倒路鬼，是好鬼。」

「倒路鬼？好鬼？」那人皺眉問道，「是好鬼還害得我們這樣亂跑？倒路鬼是不是幫紅毛鬼的忙來了？」

爺爺擺擺手，做了兩個深呼吸調節氣息，然後說：「前面肯定有什麼危險。倒路鬼這樣做是要我們別往前走了。」爺爺把手伸到額頭之上，向前方探看。眾人也朝同樣的方向看去。路已經平靜下來，平靜得像什麼事情也沒有發生過。眾人用質疑的眼光看著爺爺。

一個人邁開步子，想朝前走。爺爺一把拉住他。

「好鬼？什麼好鬼？鬼哪有好的？吊頸鬼、水鬼、簸箕鬼都是惡鬼，都是害人的鬼。哪裡有幫人的鬼？」那人粗著嗓子喝道，「你看，前面有什麼事？什麼事也沒有，搞得我們神經繃得可以彈棉花了。」

「再等一會兒。」爺爺拉住他不放。

「哪有的事。」那人倔強地要擺脫爺爺，身子才扭動兩下，前面的狀況突然大變，眾人的臉色變得醬紫。

突然，無數的樹從天而降！

像下雨一般，根鬚上還帶著泥巴的樹從天上「下」了起來。無數的樹砸在了我們剛才站立的路上。「撲通撲通」聲不絕於耳，中間夾雜枝幹斷裂的聲音。有的樹剛好豎直掉落下來，砸在路面，而後又彈跳起來。許多樹落在地面又彈跳起來，彷彿要給這些瞠目結舌的人表演獨特的舞蹈。

很多散落的葉子以相對較慢的速度，較柔和的姿勢飄落下來，落在這些人張開的嘴裡，蓋在圓睜的眼上。

轉眼之間，剛才還好好的一條寬路，現在已經是片樹林。只不過這個樹林亂七八糟，樹有橫的、豎的、斜的、倒的；有斷樹枝的，有斷樹幹的，有斷樹根的。

眾人面對這片亂糟糟的樹林，一動不動地站了半分多鐘。

爺爺鬆開那人。那人不往前跑了，兩腿一撇跌坐在地。那人一副哭腔道：「我的娘呀，要是剛才馬師傅不拉住我，我現在就成肥料啦。」

樹已經停止「下」了，葉子仍在空中飄忽，不時落在鼻上、臉上。

「是紅毛鬼發現我們了。」爺爺說，「它現在躲在那座山上。」

「這些樹是它扔過來砸我們的？」選婆戚戚地問道。用不著爺爺回答，大家都知道答案。

「它，它哪有這麼大，這麼大的力氣？你，你看，這些樹都是連，連根拔起的。」選婆擤了擤鼻子，斷斷續續地問道。

黑暗中一個人回答道：「何止是這麼大的力氣！整座山的樹它都能拔得像開水燙了的雞一樣乾淨。文天村以前就出現過紅毛野人，發生過類似的事情。你說是不是，馬師傅？」

爺爺沉默地點點頭。爺爺拍了拍袖子，在地上摸到一塊還算乾淨的石頭，坐下休息，然後朝眾人伸手道：「誰帶了菸，給我一根。」

幾十個人連忙將手伸進自己的口袋。

幾十根菸遞到爺爺的鼻子前面。爺爺的手在這麼多的菸前面猶豫了片刻，然後隨意抽出一根點上。

香菸的氣味讓我清醒了不少。

4

「剛才懶豬一樣的呼呼聲就是倒路鬼發出的嗎？」選婆問道。

爺爺吸了一口菸，說道：「是的。其實我剛才要大家快跑，並不是怕大家被路給捲起來。路被捲起來只是我們看到的幻象，如果你站在原地不跑，路也傷害不了你。我之所以要大家快跑，是知道這裡馬上要出事，叫大家逃脫險境。倒路鬼也正是用這種幻象嚇唬人，叫人不要在這裡久留。」

眾人連忙說出許多感謝倒路鬼的話來。

爺爺咳嗽兩聲，吩咐大家道：「現在趁紅毛野人剛剛發洩了一番力氣，暫時沒有更多的力量，我們快點找到紅毛野人躲藏在什麼地方，把它制服。不然等它恢復了力氣，我們一百個人都摁它不住。」說完，爺爺將扁擔夾在腋下，帶領大家繞過面前亂七八糟的樹林，繼續向前面行進。

「剛才它扔了這麼多的樹過來，它現在肯定還在某片樹林裡。大家到處看看，哪裡的樹林禿了一塊，它就可能在哪裡。」爺爺指點道，「大家注意，一個人碰到紅毛野人的時候千萬不要跟它鬥，要拼命地選小路跑，不要順著大路跑。多走些岔路，別走直道。紅毛野人在發怒的時候喜歡跑直道。大家要注意它的這個特殊習性。」

「紅毛野人發怒的時候走直道？」選婆詫異地問道。

如果是在以前，我也會感到奇怪。

爺爺以前告訴我放牛的時候要防止牛發怒。別看牛平時對人老老實實，在田地裡都規規矩矩地耕田犁地，可是它的眼睛發紅時，牛角一低，衝起來比火車還快還凶。曾經有個牛販子惹怒了一頭牛，他的腸子都被牛用牛角給絞出來了。

那個牛販子並沒有因此而放棄買賣牛的生意。他還常出來收牛販牛。我還時常碰見他。爺爺說，那個牛販子上廁所再也用不著脫褲子了。我問為什麼。爺爺說，那個牛販子現在直接從肚臍眼接出一根塑膠管，拉撒的事都由那根塑膠管包辦了。

我聽得毛骨悚然。爺爺藉機告訴我，千萬小心牛發怒。

我又問，萬一它發怒了怎麼辦？

爺爺說，你選小道跑，選岔路跑。牛發怒的時候是走直道的，這樣，你就不會被牛衝上撞上。雖然後來沒有遇到過牛發怒的情況，但是爺爺的這些話我一直用心地記著。

如果是在以前，我也會像選婆一樣感到奇怪：這紅毛野人怎麼跟牛一個德性呢？《百術驅》上有解釋：紅毛鬼有牛的秉性，力大，氣粗，發怒時走直道。並且身體最弱的部位是鼻子。你就是用鋼筋鐵棍抽打紅毛鬼的身體，對它來說也不過是撓癢癢。但是你輕輕碰一下它的鼻子，它便會疼得打滾。牛也是這樣，發怒的時候老虎都讓它三分，但是人們牽住了它的鼻子，它就只好乖乖地跟著人的指令走路。

鬼有牲畜的秉性也不鮮聞少見，前面矮婆婆碰到的食氣鬼也有牲畜的秉性。食氣鬼的秉性則跟狗一樣，吠叫、犬齒、愛吃肉骨頭。爺爺當初就是用肉骨頭將食氣鬼一步一步逗出來的。

爺爺一時間不好仔細給選婆他們解釋紅毛鬼的牲畜秉性，嘿嘿一笑道：「你記住就是了。」

選婆不滿意地「哼」了一聲。

「我知道紅毛鬼在哪裡了。」一個人欣喜地說道。因為天色比較暗，我看不清那人長什麼樣。

「在哪裡？」選婆邊問邊掏出火柴劃燃。「哧——」火光在我們的臉上跳躍，我們看見那個說話的人虎頭虎腦，粗眉大眼。

「在全老師家的茅房後面那個小山包上。」那人語氣肯定地說。選婆手中的火光弱了，漸漸熄滅。剛剛出現在我眼前的人們重新滑回黑暗之中。

「你這麼肯定？」選婆吹著氣，大概是火柴梗燙到手指頭了。

「剛剛我們繞過那些樹的時候，我摸到了光滑的茶子樹。」那人說。

「那又怎樣？」選婆問道。

「要是摸到其他的樹，我還不敢肯定。如果是茶子樹，那必定是全老師家的。那個全老師你們不是不知道，文縐縐的一個人，娘兒們似的。他最不喜歡跟人家吵架，覺得那樣有傷他做老師的文雅。他屋後的小山包上有一小片茶子樹，水大伯和他都有份。每年摘茶子的時候兩家人總免不了會吵架，爭論哪棵茶子樹是誰家的。於是，全老師想了個法子，將一半茶子樹繫上紅繩，一半不繫。繫紅繩的就是全老師家的，沒有紅繩的就是水大伯家的。」

「你意思是你剛才在茶子樹上摸到了紅繩？」爺爺不願意聽他再講下去。

「嗯哪。」那人回答道。

「那好，我們先一起去全老師家後面的山包。」爺爺說。

於是，我們一百多人調頭走向全老師家。

全老師住在一個小山坡上，要經過全老師家走到房子後面的山包上去，首先還得爬一個非常陡的斜坡。

那個坡不但陡，還很窄，容不下兩個人並行。

這個坡原來也沒有這麼窄。幾年前，有兩戶人家想在全老師房子前面蓋兩棟小樓房。於是左邊一戶右邊一戶，將原本很寬的山坡削得不到一臂寬。

可是房子還沒有建成，兩戶人家又因為同樣的事情改變了主意。

這兩家人在打地基的時候，在地裡挖出了不吉祥的東西。有人說這裡的風水不好，也有人說建房的時辰沒有選好。四姥姥則說他們衝撞了太歲。

他們在地裡挖出了兩塊洗衣板大小的生肉，鮮紅柔軟，跟屠夫新賣的豬肉沒有多大區別。按理來說，這裡的土地沒有人動過，這兩塊肉應該有很長時間了，應該腐爛得發臭了。可是它不臭不香不腐不爛。

將這生肉切開來，裡面的肉還有血絲。這下兩戶人家都傻眼了，不敢繼續打地基。在四姥姥的勸說下，他們把這兩塊生肉埋回原地。

5

可是過了不到一年，那兩戶人家的人都死得乾乾淨淨了，一個都沒有剩下。有人說，衝撞太歲本來就已經是很嚴重的事情，他們還用刀將太歲剖開了，這才導致他們兩戶人家全部不明不白地死去。

那時我還沒有跟爺爺捉鬼，自然也沒有閱讀《百術驅》。在一次乘涼的時候，四姥姥跟我們幾個小孩說起了這件事。我傻乎乎地問道，四姥姥，太歲是什麼東西啊？怎麼就衝撞了太歲呢？

四姥姥拍了一下我的腦袋，罵道，你真是笨！怎麼讀書的？「在太歲頭上動土」都沒有聽說過嗎？「在太歲頭上動土」是中國的一句老話。老話能不信嗎？它表明一種忌諱，不信這種忌諱就會招致災禍。

很多人說狠話的時候喜歡講「你活膩了？敢在太歲頭上動土！」這些話我經常聽到，也知道把這句話和「敢在老虎屁股上拔毛」當成一類的威脅話，可是從來沒有想過「太歲」是什麼東西，沒有想過怎麼就不可以在「太歲」的頭上「動土」。

當時四姥姥一打一罵，我便不敢吭聲再問。後來在《百術驅》上，我看到了相關的解釋。

太歲本是古代天文學中假設的星名。太歲與歲星相對應。歲星即木星。古人認為歲星每十二年一周天，於是將黃道分成十二等份，以歲星所在部分為歲名，共有十二個歲名：壽星、大火、析木、星紀、玄枵、取訾、降婁、大樑、實枕、鶉首、鶉火、鶉尾。古書中有「歲在鶉火」、「歲在星紀」這樣的記載。歲星運行的方向自西向東，與將黃道分為十二支的方向正好相反，古人就推研出一個太歲，太歲向與歲星實際運行相反的方向運行，古人就以每年六歲所在的部分紀年。如太歲在寅叫攝提格，在卯叫單閼。後來又配以十歲陽，組成六十干支，用以紀年。

太歲每十二年統天一周，與表示方位的十二地支正好相配。逢甲子年，甲子就是太歲。逢乙丑年，乙丑就是太歲，依此類推至癸亥年為止。

風水觀念認為，太歲星每年所在方位為凶位，如果這一年在這一方位破土興建房屋或造墳，便會招致禍事。

後來，一次歷史課上，老師也講到了「太歲」。那個歷史老師真的很博學，但是嘴巴有些歪，說話的時候顯得尤為嚴重。不過這也不影響他的講課品質。

他歪著嘴巴，口若懸河地講：衝撞太歲這種觀念早在先秦就產生了。《荀子·儒效》記載：「武王之誅紂也，行之日以兵忌東南而迎六歲。」這個記載說的是武王伐紂時，是在兵家所忌的日子。當時的大臣勸諫說，歲在北方，不當北征。武王不聽，結果與太歲相逆，武王的軍隊走到汜水，汜水猛漲；走到懷水，懷水猛漲。天氣變冷，日夜大雨，軍心動搖。幸虧來了諸神相助，才逢凶化吉，滅了商紂。

漢代的一個叫王充的名人，他為此寫了《論衡・難歲》。他敘述說：「《移徙法》曰：『徙抵太歲凶，負太歲亦凶。』抵太歲名曰歲下，負太歲名曰歲破，故皆凶也。假令太歲在甲子，天下之人皆不得南北徙，起宅嫁娶亦皆避之；其移東西，若徙四維，相之如者皆吉。何者？不與太歲相觸，亦不抵太歲之沖也。」

我跟爺爺講起「太歲」的時候，爺爺卻說也有不怕太歲的。

我驚訝道，還有不怕太歲的？

爺爺點頭稱是。

爺爺在跟奶奶結婚的時候，姥爹決定在原來的屋旁邊加兩間房。一時疏忽，姥爹竟然忘記了衝撞太歲的忌諱，他因為爺爺的婚禮忙得暈頭轉向，也沒有事先掐算一下。

挖地基的時候，果然有建房的長工挖出了一大塊肉。

建房子的長工嚇得不得了，對姥爹說，這房子我是不敢建了，工錢我也不要了。

姥爹兩眼一瞪，喝道，怎麼就不建了？我兒子就要結婚了，不多建兩間房，來的親戚朋友都住哪裡？

長工臉上冒出豆大的汗珠，說，這我可管不了，我不能為了這點工錢把自己的命賠上。

姥爹是方圓百里有名氣的人，說話也不怕人。他怒道，是我要建房，是我要住，有什麼事情我承擔。工錢照原來的十倍付給你。

你不怕太歲嗎？長工戚戚地問道。

我怕太歲？我什麼都不怕！太歲怕我才是。

姥爹說罷，拿出牛鞭在那塊肉上抽了百來鞭，抽得裡面的白肉直往外翻，整塊肉浮腫起來，比剛出土的時候大了兩倍。長工看得一愣一愣的。姥爹都這樣了，他還有什麼怕的呢。於是長工接著砌牆蓋瓦，拌灰攪泥。

姥爹將抽爛的肉用簸箕挑起來，倒在了畫眉村前面的大路旁邊。

那後來呢？我急忙問爺爺道。

爺爺說，我，你，你媽媽，你奶奶不都好好的嘛！

那為什麼那兩家的人都死了，而姥爹絲毫沒有事呢？

爺爺說，後來有個和尚到村子裡來化緣，看見了扔在路邊的肉。和尚對著那塊肉說了一些別人聽不懂的話。那個和尚在別人的家裡討米時，別人問和尚跟那塊肉說了什麼。

對呀，說了什麼呀。我早已迫不及待。

那個和尚問肉，太歲兄呀太歲兄，從來只有人人怕你的份，沒有你怕人家的份。你為什麼受了辱打而不報仇呢？那塊肉說，打我的那個人八字硬，逢凶則會化吉，遇到險境自有貴人相助，我又有什麼辦法呢。

姥爹一輩子紅光滿面，精神抖擻，走起路來噹噹噹地響，從出生到逝世，沒有發過高燒，沒有打過噴嚏。一輩子順順暢暢，確實沒有什麼阻礙。

全老師家前面的一個小小斜坡，就勾起我的這麼多思緒，差點把故事都給忘記了。好了，現在話回原題。

走到全老師家前面的斜坡上時，我們都被面前的情形驚呆了！

6

選婆不由自主地發出「啊」的一聲，張開的嘴巴半天沒有合上。

全老師的房子已經成為一片瓦礫。

紅毛鬼坐在瓦礫之中，正津津有味地啃著一個雞脖子，就像一般的人吃大蔥一樣。紅毛鬼的嘴上、臉上、脖子上被雞血染得通紅。

全老師這段時間一般住在學校，不會回來。所以全老師應該還不知道自己的房子變成了一堆破爛。

紅毛鬼聽到選婆「啊」的一聲，立即停止了喝血的動作，愣愣地看著選婆。大家都站住了，也愣愣地看著紅毛鬼。很多人擁擠在狹窄的斜坡上，如果紅毛鬼這時衝過來，許多人會失足掉下去，很輕易就會摔成骨折。

「選……選……」紅毛鬼結結巴巴地說。

選婆渾身一顫，跟著它說：「對，我是選……選婆。」

「選……選婆？」紅毛鬼斜著眼睛看他，似乎記不起來選婆這個人，又像是正在確認面前的人是不是生前認識的選婆。

「你今天白天還在水田旁邊叫我了，你不記得啦？」選婆雙腿微微顫抖，聲音弱小地提示紅毛鬼道。選婆盡可能地拖延時間，等身後的大群人悄悄挪步退下陡坡，好讓爺爺從後面擠上來對付它。

紅毛鬼的注意力集中在選婆的身上，沒有發現他後面的人群正在悄悄地挪移。爺爺提著扁擔緩緩往上靠。

「選婆？」紅毛鬼問道，隨手丟掉汩汩冒血的雞，站了起來，兩眼死死盯著選婆。選婆頂不住了，兩隻腳篩糠似的抖。

這時，「哧啦」一聲，選婆的家門鑰匙從褲兜裡掉了出來，落在腳旁。選婆眼睛盯著紅毛鬼，彎腰去撿鑰匙。

在選婆彎腰的同時，紅毛鬼看見了他背後移動的人們。紅毛鬼發現自己上當了，雙手握拳，怒目圓睜，對著混沌的天空咧嘴嚎叫。「啊嗚——」刺耳的叫聲震耳欲聾。它一腳踩在丟掉的雞脖子上，傳來雞骨頭「咯吱咯吱」被碾碎的聲音。

紅毛鬼弓起身子，歪著頭扭了扭脖子，作勢要朝人群這邊衝過來。

移動的人群立即靜止了，臉上混雜了期望與絕望。期望的是紅毛鬼突然改變主意不要衝過來；絕望的是看到紅毛鬼眼中的兇狠。氣氛頓時緊張起來！

紅毛鬼由嚎叫變為低吼，像發怒的豹子。

選婆突然大喊道：「山爹！你家的水牛偷吃了王娭毑②家的稻穀，你不怕人家知道嗎！」

紅毛鬼的氣勢陡然大減，它慌忙地左顧右盼。

「王娭毑馬上就上來了，看你好意思！」選婆使盡了力氣叫嚷，聲音都已經變得不像他的了。

紅毛鬼瞥了一眼人群，慌張得像隻野兔子一樣蹦跳著朝小山包上逃跑。像閃電似的，紅毛鬼瞬間不見了蹤影。

所有的人都鬆了一口氣，急忙讓開一條道。爺爺從人們讓開的道中走到前頭，生怕紅毛鬼回來。

等了片刻，不見紅毛鬼回來，大家才將緊張的神經鬆懈下來。

「選婆，你剛才挺聰明的嘛。要是紅毛野人剛才衝過來，不知道多少人要從這坡上摔下去呢。就是不摔死，也要壓死幾個人呢。」有人讚揚選婆道，「你怎麼跟它講到王娭毑？」

選婆兩腿軟如稀泥，雙手撐地坐下，虛弱地說：「我原來看見過山爹的水牛偷吃了王娭毑的水稻。王娭毑種田難，山爹生怕王娭毑知道是他家的牛吃了水稻，一直隱瞞著。」

我問：「王娭毑怎麼種田難？」

別人搶答道：「王娭毑的老伴死得早，膝下就兩個女兒。女兒出嫁後都不肯回來幫她秋收。所以王娭毑種田特別艱難。要是她知道是山爹的牛偷吃了她家的稻穗，肯定把他罵

2. 娭毑：湘語。尊稱老年婦女。

得狗血淋頭！王娭馳罵起人來，可以三天三夜不停歇不喝茶。」

另外一人不禁感嘆道：「難怪鬼怕惡人，連紅毛野人都還記得王娭馳。」當然，這個「惡人」並不是指品行，而是指脾氣。

又有人說：「那我們不怕它了，它一碰到我們，我們就喊『王娭馳來啦，王娭馳來啦』那它就不能傷害到我們任何人了。」

爺爺搖頭道：「這樣不行。你用這個嚇它一兩次沒有問題，但是老用這個方法，恐怕會把它給激怒了。你們也看見了，它力量大得嚇人，它單獨能把全老師的房子拆了，萬一你把它激怒，它能把人都給拆了。」

「那怎麼辦？」那人焦急地問。

爺爺說：「走。我們先到紅毛野人復活的地方去看看。」

於是，百來號人又一起來到山爹的墳前。

爺爺扶著墳前的柏樹，摸了摸下巴，幽幽地說：「果然是塊絕好的養屍地。就是枯樹朽木丟在這裡都會重新開花。」

「有這麼神？」選婆對著墳墓上的一個大洞說。那裡應該是紅毛鬼從墳下鑽出來的通道。

「當然有這麼神了。這裡是狗腦殼穴，難怪他會復活呢。」爺爺雙手叉腰，仔細察看兩座連在一起的墳。旁邊的墳裡埋著山爹的妻子。當初鬧水鬼的事情還歷歷在目。

「狗腦殼穴？」選婆問道，「我聽我的爺爺講過這麼回事，好像說狗腦殼穴是養屍地的一種。」養屍地就是復活地。

人群裡有人問道：「養屍地是什麼地？」

「所謂養屍地，就是指埋葬在該地的屍體不會自然腐壞，天長日久即變成活屍的那種地方。據古書記載，活屍有三個別名：移屍、走影、走屍。活屍分成八個品種：紫毛、白毛、綠毛、紅毛、飛毛、遊屍、伏屍、不化骨。」

「紅毛就是紅毛野人？」

爺爺點點頭。

「那養屍地又是怎麼使山爹復活的？」

「這個就說來話長了。」爺爺邊圍著墳墓踱步邊說，「按照葬理說法，選擇陰宅風水講求的是龍脈穴氣，簡而言之就是葬穴的地氣。死牛肚穴、狗腦殼穴、木硬槍頭、破面文曲、土不成土等山形脈相，均是形成主養屍的兇惡之地。從地形可以看出，山爹的墳剛好符合狗腦殼穴的說法。」

7

「有首《辨陰宅美訣》是這樣說的：『天機難識更難精，仔細尋龍認星辰。發脈抽心穴秀嫩，藏風避殺紫茜叢。欲知骨石黃金色，動靜陰陽分合明。此是陰墳尊貴格，留為後代作真傳。』在許多葬理辨龍經書中，都認為養屍地在喪葬風水中是最為恐怖、危險和忌諱的墓地。」爺爺在墳頭的大洞前站住，說，「遺體誤葬在養屍地後，人體肌肉及內臟器官等不僅不會腐爛，而且毛髮、牙齒、指甲等還會繼續生長。屍體因奪日月之光汲取天地山川精華，部分身體機能恢復生機，猶如死魄轉活便會幻變成活屍。活屍形成後會掘開墳墓，從中逃出。」

爺爺指著前面的大洞，意思是紅毛鬼是從這個洞裡逃出來的。

我看了看地形，山爹的墳比他妻子的墳要大許多，這樣看來，確實形同一個剝了皮的狗腦殼。

選婆誇獎爺爺道：「馬師傅，您還真是經驗豐富的方士啊。要是埋葬山爹的時候您也在場，就不會出現這樣的事情了。」

爺爺搖搖手道：「不對，我來了也不一定能知道。」

選婆問：「為什麼？」

爺爺說：「有些墳地形成的時候並不是這個地形。風吹日曬的，泥土慢慢沉積下來，也有可能變成這樣的地形。」

「您以前遇到過這樣的事情嗎？」人群裡冒出一聲。

爺爺笑道：「我以前沒有遇到過，但是我父親曾經遇到過。」

「姥爹遇到過？」我感興趣地問道。在媽媽對我的敘述裡，姥爹簡直就是個半仙。一講到爺爺，媽媽就說爺爺太愚笨了，不論在哪個方面，爺爺都不及姥爹的一半的一半。用我們課堂上學的算術來說就是不及姥爹的四分之一。我跟姥爹在一起的時間太短，所以對姥爹的生平事蹟瞭解很少。看看現在的爺爺，我並不覺得爺爺會差到哪裡去。可能是感情因素影響了我的看法。

爺爺用手摸了摸洞眼，慈祥地笑了。我心想，爺爺是不是根據洞眼的方位判斷出了什麼隱秘的東西？

選婆沒有心思關注爺爺的這些小動作，好奇心驅使他緊逼著問爺爺：「您的父親可是個半仙呀！我父親也經常講起他的事情，一說就不停地說您的父親有多厲害多神多準。」

如果人家誇的是爺爺本人，他會很不好意思地嘿嘿傻笑；但是如果人家誇獎姥爹，爺爺就毫不吝嗇地擺出驕傲的神情。當然了，我也是。

「那您的父親跟您講過這件事嗎？要不，您給我們講講？也許我們會從中找到捉住紅毛鬼的方法呢。」人群裡又有人說道。

爺爺說：「那是兩碼事。雖然是同類型的鬼，但是鬼的性質不同。不能用同樣的方法對付的。」

選婆問道：「同類型的鬼，怎麼就性質不同了呢？」

爺爺說：「我們同為人，就有千千萬萬的性質。何況鬼？」

選婆不滿意爺爺的回答，粗著嗓門說：「不礙事。您講來就是。紅毛野人剛剛被我嚇走，一時半會不會回來了吧？」說完，一臉得意。

爺爺只好答應。爺爺就是這樣的人，自己不願意的事，只要人家跟他磨磨蹭蹭地多說兩句，爺爺就繳械投降了。

點燃一支菸，隨著繚繞的煙霧，爺爺開始了回憶……

那是很久以前的事情了。出事的人家是與姥爹一起讀過私塾的人。在姥爹的哥哥還沒有去趕考之前，姥爹的父親還是很希望兩個兒子在功名上爭氣的。所以姥爹讀過一小段時間的私塾。

在姥爹退出私塾十幾年後，當年跟他一起讀私塾的同學來找他了。那時候姥爹的方術已經名揚百里了，人家來找他也不外乎就是這類的事情。

姥爹問那位曾經的同學出了什麼事情。

那位同學說，前幾年他娶了一個媳婦，漂亮賢慧，可惜因為難產死了。家裡人沒有料到會發生這樣的事情，都非常悲痛。由於事先沒有一點準備，於是草席一捲，草草地將他媳婦和肚子裡的孩子下葬了。時隔半年，他到鎮上的一個糖炒栗子店買小吃，買完卻發現忘記帶錢。於是，他想向店老闆賒賬。這個老闆一向很好說話，但是這次就是不肯。他就問，您今天怎麼變得這麼小氣啦？店老闆說，你家媳婦在我們店已經欠了很多錢啦，她說等你來還清。你現在舊賬還沒有還清，又要欠新賬？

姥爹問，你家媳婦不是難產死了嗎？

那位同學說，是呀。我跟店老闆說，你是不是認錯了人，我妻子幾年前就死啦。店老闆堅持說是我妻子。我心想蹊蹺，我妻子生前確實愛吃糖炒栗子，經常出門兜裡都要揣兩顆。但是也有可能是另外的女子長得像我妻子，店老闆看走了眼。店老闆拉拉扯扯的，一定要我還債。我就只好答應他，躲在店裡的簾子後面，等待那個像我妻子的人來買糖炒栗子。

那位姥爹的同學說，等了半天，不見那個人來買糖炒栗子，我就耐不住性子想走。店老闆告訴我，那個女人每隔七天一定會來店裡一次的，已經形成了規律。今天離上次買栗子的日子剛好是七天。她一定會來的。店老闆叫我再忍耐一會兒。我沒有辦法，只好又躲回到簾子後面去。

姥爹問道，那她來了沒有？

他說，我在簾子後面站了好久，站得腿都酸了，肚子也咕咕地叫喚。我心想，這不是遭罪嗎。管她是不是騙人還是店老闆看走了眼，我把這筆欠債還了得了，告訴店老闆以後別再給那女人賒賬就可以了。這個想法一出，我就想馬上鑽出來。就在我要跨出腳的時候，店裡突然有了動靜。店門口傳來了腳步聲。店老闆很機靈，故意大聲地說，哎喲，您又來買糖炒栗子啦？您丈夫什麼時候來還錢哪？我頓時將步子收了回來。

8

「後來呢？」選婆迫不及待地問。

「後來呀，」爺爺蹲下來，對著洞眼窺看，漫不經心地說，「他在簾子後面偷聽。那個女人說，再賒兩斤糖炒栗子給我吧，我丈夫會來付賬的。店老闆給她包了一包糖炒栗子，然後問道，你丈夫到底什麼時候來還清你欠的錢哪。那個女人說，快了快了。店老闆咳嗽一聲，提示他注意。簾子是粗麻布做的，空隙比較大。他從簾子後面可以看到女人的模樣。開始女人背對著他，他不能確定她是不是他原來的妻子。因為他妻子死去幾年了，他聽著聲音像，但是不確定就是。等那個女人包了糖炒栗子轉身出店時，他差點驚叫起來！這個女的果真就是他死去多年的妻子！」

由於當時是深夜，風在遠處嗚嗚地叫。雖然我們有百來人站在山爹的墳前，但是我們都不禁打了個冷顫。

爺爺若無其事地接著講：「他知道事情非同尋常。沒有立即跑出來相認。等妻子走出門後，他才從簾子後面鑽出來，一口答應店老闆把以往欠的糖炒栗子的錢全數付清，然後急忙追出店，悄悄跟在妻子後面。他的妻子走的方向正好是當年埋葬的地方。他跟著妻子走了許多蜿蜒的山路，最後來到了妻子的墳墓前。這時，一個小孩子奔跑前來迎接他的妻子。那個小孩子牽起他妻子的手，正要一起走進墓室。情急之下，他大聲呼喊妻子生前的名字。他的妻子和那個孩子回頭看見了他。他的妻子立刻臉色大變，跌倒在地。那個小孩子傻愣愣地站在原地不知所措。他連忙撲過去抱住妻子，可是此時他妻子的皮膚急速地變色腐爛，不一會兒就變成了一攤爛水骨頭。那個小孩子見狀大哭喊娘！原來這個小孩子就是當年難產的遺腹子！」

爺爺講完，半天沒有一個人發言。冷風輕輕掠過人們的臉。

選婆掏出一根菸叼在嘴上，又掏出火柴，劃了幾下沒有劃燃。選婆將嘴邊的菸又放回到菸盒，聲音嘶啞地問道：「那個孩子後來怎麼了？」

爺爺說：「我父親的同學來找他，正是要問這件事。他不知道怎麼處理這個孩子。我父親說，死的已經死了，活的還要活下去。那個人點頭而去。聽說那個孩子很能幹，後來還當上了縣長。」

選婆突然自作聰明地建議道：「那我們可以用同樣的方法對付紅毛野人啊。」

我問：「什麼同樣的方法？」

「叫個他的親戚喊他的名字，他一聽見親戚喊他的名字，不就變成腐爛的骨頭了嗎？根本用不著我們動手呢。」選婆興沖沖地說。

「你到哪找他的至親去？」爺爺問道。

選婆撓撓頭皮，尷尬地說：「是呀，他妻子，他兒子都已經死了，連他那條不會說話的老水牛都死了。沒有誰可以幫忙了。那該怎麼辦啊？」

爺爺站了起來，眼睛離開洞眼對著天空的寥寥星辰看了看，說：「即使他有至親在世，對他也不一定有效哦。」

「為什麼呢？」

「因為那是不化骨，這是紅毛。」爺爺說。

「對了，您說這是狗腦殼穴，那山爹的媳婦怎麼沒有復活啊？」選婆話一出口，其他人都跟著點頭。

爺爺指著一大一小的墳頭，解釋道：「即使形成了狗腦殼穴，屍體也必須在狗腦殼的大腦位置才行。山爹媳婦的位置在狗鼻子上，形成不了復活地。」

選婆「哦」了一聲，表示明白了。眾人的疑慮這才解開。

我提醒大家道：「我們也聊了一會兒了，不知道紅毛鬼現在跑到哪裡去了呢。今天晚上我們還要不要追過去？」

爺爺說：「我剛剛看了這個洞眼，也算了日子。這些天月光虛弱，陽氣旺盛，紅毛野人暫時不會傷害人。大家回去把家裡的雄雞都好好關在雞籠裡，別讓紅毛野人吃了。雞吃了是小事，紅毛野人吃了雄雞血就會增加力氣，也就更加難以對付。明天晚上紅毛野人會回到這裡的，我們先回去休息，睡到日上三竿，多蓄點力氣，明天晚上一起過來對付紅毛野人。」

「嗯，嗯。」大家連連回答道。

「還有，」爺爺揮手道，「大家回去後，把屋樑上的舊灰塵掃點下來，用黃紙包著。」

「屋樑上的灰塵？」選婆瞪著眼睛問道，「有什麼用？」

爺爺故意賣關子道：「明晚來了就知道了。」

說完，爺爺將手裡的扁擔狠狠地捅進墳墓的洞眼裡，口喝咒語道：「千里萬里，我只要一針之地！」

扁擔插進洞眼，只剩短短的一頭露在洞口，如同一條還未爬進蛇洞的冷蛇。

抬頭看看月亮，又昏又暗，不像是發光的圓盤，反而像個吸光的漩渦。

9

「今晚就這樣了嗎？」選婆心有不甘地問。

爺爺反問道：「要不你想怎樣？先別說我們能不能鬥過紅毛野人了，它在什麼地方誰都不知道？」

「明天晚上它就一定會回到這裡嗎？」

「會的。」爺爺信心十足地回答道，「大家回去後互相轉告一下，把門拴緊一些。」然後爺爺揚揚手，像趕鴨子一般將大家驅散。

我們村比較大，人口比較多，所以分成了好幾塊聚居地，這幾塊聚居地有各自的名稱。我家屬於「後底屋」，遙遙相對靠著常山的地方叫「對門屋」，與「對門屋」挨著的是「大屋」，這幾個地方住的人多，還有零零散散的「富坡」、「側屋」等。總之，我們村比畫眉村和文天村要大許多。山爹和我是一個村，但是他住在「大屋」那邊。我又不是經常在外瘋玩的人，所以除了他之外，其他「大屋」的人都不怎麼認識。

這百來號人都是「大屋」那邊的。

「對門屋」的房子都是依傍常山而建。翻過常山就到了將軍坡。因此，爺爺就隨我回來，在我家將就一晚。其他人都三三兩兩地回到「大屋」的各自家裡。

走到我家地坪時，爺爺瞥眼看見了窗臺上的月季。因為水稻收回來後還要曬三四次，所以這裡的人家住房前面都留一塊兩畝地大小的地坪。我的睡房就在地坪的西面，窗臺上的月季迎著稀薄的月光，似乎在沉思默想。

爺爺指著月季問道：「它現在聽話些了嗎？」然後露出一個很溫和的笑。我知道，爺爺對自己做的事情心裡有底。但是我還是回答他說：「嗯。」

我敲了敲緊閉的門，媽媽睡眼惺忪地起床來開門，一見是我和爺爺，迷惑不解地問道：「你不是在爺爺家住嗎？怎麼這麼晚回來啦？」媽媽一邊說一邊把我和爺爺讓進家裡，還不等我們解釋，她又去我的房間鋪床。

剛才在外面活動還不覺得睏，回到家裡一坐下，眼皮直打架，哈欠止不住。張了兩三次嘴，眼淚都要流出來了。爺爺也低著頭在打盹，手裡的菸頭快燒到手指了。每次到爺爺家，他人還沒有出來迎接我們，我們就能聞到濃烈的香菸味了。媽媽很討厭他抽這麼多的菸，討厭他身上濃烈的菸味。而我不同，我覺得菸味就是爺爺長輩的身分象徵，同時也是爺爺對我的關愛的象徵，我就在他的菸味中漸漸長大，我的個頭如開花的芝麻一般節節高，先在他的膝蓋部位，再到他的腰部，再到他的頸部，現在已經超過他幾釐米了。

我高中的化學老師也有一股濃烈的香菸味道，他對我也很好，因為那時我的化學成績還可以。每次上化學課，老師踏著鈴聲走進教室的時候，我總以為走進來的是爺爺。但是那個化學老師嗜酒，經常醉歪歪地站在講臺上，紅著臉斜著嘴甩著手顛著腳給我們講化學反應。雖然酒氣沖天，但他的課仍然講得有聲有色，有井有條。

這個化學老師確實才華橫溢，但是他經常抱怨自己懷才不遇，對學校的領導頗有微詞。爺爺最大的好習慣就是從來不嗜酒，即使在酒桌上，人家敬他一杯酒，他就撅起嘴來抿一小口，然後等待好久才完全喝到肚子裡，彷彿酒是毒藥一樣會害了他的性命。

我突然來了興致，把爺爺手裡的菸頭拿掉，輕輕拍拍爺爺的背，問爺爺，為什麼你對菸這麼嗜好，對酒卻一點也不感興趣呢？由於應酬的原因，菸酒一般是不分家的，抽菸的大概都喝酒，喝酒的也會抽菸。

爺爺眨了眨眼睛說，抽菸沒事，喝酒會長酒蟲。

我側眼問道，長酒蟲？

爺爺說，是呀。前陣子捉綠毛水妖的那個水庫記得吧？

我點頭說記得。

爺爺說，再走過去一里半的路程，有一個酒井。那個井裡的水長年散發著酒香。你聽說過吧？

我回答道，這個事情我是知道的。據說，前兩年有一個小孩在放學回來的路上感到口渴了，就在酒井那裡掬了幾捧水喝了。結果沒走兩步竟然躺倒在馬路上睡著了。一起上學的同伴以為他突然發病死了，嚇得大叫。後來把他搶救到醫院，醫院的人說他喝的酒太多了，差點醉死。

爺爺點點頭，說，原來畫眉村對面的方家莊有一個胖子，特別喜歡喝酒，一次能喝下一大罈，走路腿還不打晃。這倒是小事，問題是如果他一天不喝酒，就嘴唇發乾變白，渾身無力，兩眼無神。喝水喝湯喝藥都不頂事，唯有喝酒才能緩解這個症狀。他這人又特別好酒，一喝就喝高了，也不顧下頓還有沒有酒喝。後來村裡來了個路過的和尚，和尚說這胖子的肚子裡有酒蟲。胖子不相信。和尚叫胖子張開嘴。胖子就傻乎乎地張開嘴。和尚掏出一根稻穗伸進了胖子的嗓子眼。胖子被和尚這麼一弄，嘔吐不止。開始嘔出的是水，後來嘔出一些黑色的血，最後果然嘔出了三顆蠶蛹大小的蟲。和尚走後，胖子果真不再想念酒水了，古怪的症狀也不見了。有個販酒的奸商聽到消息後，於一個夜裡偷偷跑到方家莊來，偷走了那三顆酒蟲。可是那個奸商經過水庫後，一不小心摔進了閒置的水井裡。奸商爬出水井後發現身上的酒蟲不見了。從此以後，那個井散發奇異的酒香味，長年不絕。

媽媽隔著一扇門喊道，亮仔，你爺爺的肚子裡肯定有菸蟲。

我和爺爺忍俊不禁。媽媽說床被都弄好了。我倒了些熱水，和爺爺一起洗臉洗腳，準備睡覺。

媽媽說，你睡一頭，爺爺睡一頭，不要並排睡在一起。

我問道，這又是為什麼呀？

10

媽媽扳著指頭說：「一個人就不說了，兩個人睡一字，三個人睡丁字，四個人睡一本書。」在幾十年後的現在看來，這已經不是問題了，因為三個人睡一張床的事情都很少發生了。而在那時候，家裡有個紅白喜事什麼的，總要給客人留下住宿的地方。那時候交通沒有現在這麼方便，親戚走了二三十里路好不容易一年碰到一次，自然親切得不得了。但是現在的親戚之間似乎沒有了以往那樣強烈的親切感，也許是因為現在的交通和通信太發達，要見面太容易，所以少了那份珍惜。

客人住下來，可是家裡的床不多，於是想方設法，甚至弄出這樣一條規定來。

爺爺笑道：「你媽媽說得對。」說完抱著被子先睡下了。媽媽還沒有走，爺爺的呼嚕聲已經響起。

爺爺對媽媽的話總是言聽計從。媽媽決定的事情，他從來不表示任何異議，好像媽媽的想法就是他的想法一樣。這讓我很不解。

不過，爺爺倒確實喜歡像媽媽那樣定規矩。每次在爺爺家吃飯，爺爺都要對我說：「古代的書生一餐只吃一筆筒的飯。」意思是我想在學習上出色的話，也只能少吃一些飯。走路的時候經常叫我「抬頭挺胸，目視前方」。寫字的時候經常提醒我「一撇如刀，一點如桃」。諸如此類的事情數不勝數。

媽媽放輕腳步走了出去。

我一躺下來反而沒有了睡意。我心裡納悶，剛才還睏得什麼似的，腦袋一擱上枕頭卻不想睡了。

這次放月假雖然只有幾天，但是我越發地想念心中的那個女孩了。她的一顰一笑，舉手投足，都在我的腦海裡重複上映。我的心裡一陣苦悶，像窗臺上的月季一樣，與日俱長，卻怎麼也開不出一朵花來。我喜歡她，但是僅敢在信中表達而已，當著她的面的時候，我連頭也不敢抬。每次在學校與她迎面相逢，我總是如逃兵一樣低頭匆匆走過，假裝沒有看見她。

現在回憶當年的我時，無論如何也避免不了要提起她。她在我的心中是如此的重要，我是如此的珍惜，珍惜到無以復加。

我從被子裡鑽出來，坐在床頭，背靠枕頭，看著嘴巴微張鼾聲不斷的爺爺，看著他滿臉的皺紋，看著他緊閉的睫毛，看著他歷盡滄桑的皮膚，心想爺爺年輕的時候是不是也曾像我這樣哀愁過。

我的心情非常悲涼。我在信紙上喜歡大談特談我的捉鬼經歷。而她對此毫無興趣，她責怪我不考慮她的感受，不在乎她的想法。

我想，爺爺年輕的時候是不是跟奶奶也遇到了同樣的問題。姥爹肯定沒有遇到過，因為他在妻子死後不久便續弦。姥爹全心鑽研方術，對感情這方面沒有細膩的心思。我突發奇想，爺爺相比姥爹在方術方面相差甚遠，是不是奶奶的原因？

正在這時，爺爺咳嗽兩聲，把我的思緒打斷。爺爺咂吧咂吧嘴，囈語道：「要下雨了。」然後他翻了一個身，接著又打起了呼嚕。

「下雨？」我朝窗外望去，黑得什麼也看不清，彷彿全世界只剩下這間房子。剛才我們在外面的時候一個雷聲都沒有，怎麼會要下雨呢。我起身拉燈，然後重新躺回被窩。

在我即將閉眼的瞬間，白光照亮了整間房子，白色的牆壁在我眼前一閃，緊接著消融在無邊無際的漆黑之中。「轟隆隆」，外面的天空爆炸出雷聲。接著屋頂的瓦被雨珠敲得叮噹響。

好大的一場雨！

我掖了掖被子，陷入昏沉沉的睡眠中。

第二天吃早餐的時候，爺爺突然從椅子上滑倒在地，呼吸急促，臉上露出不健康的紅色，眼睛虛弱得如同一口氣就可吹滅的燈盞。

「怎麼了？」媽媽急忙扶起爺爺，盡量用波瀾不驚的語氣問道。可是媽媽的手已經抖得非常厲害。我見爺爺這個樣子，出了一身冷汗。

「怎麼了？」我連忙放下筷子，疾步走到爺爺的身邊。一摸爺爺的額頭，冰涼冰涼，並且有點點汗水。

「沒事的，」爺爺虛弱地說，「是反噬作用。歇歇就好了。」爺爺畢竟年老了，跟綠毛水妖用影子相鬥肯定耗費了爺爺許多精力，中間不停歇又來捉紅毛野人，身體肯定受不了。

媽媽叫我扶著爺爺，她去商店買點紅糖來沖水給爺爺喝。

「今天晚上就不要去山爹的墳墓那裡了吧。」我勸道。

爺爺捏住我的手指，氣息微微地說：「那怎麼能行！這可不是一個人的生命安全，這關乎許多人。再說，今天晚上還不一定能鬥過紅毛鬼呢。我不去的話，情況會更糟。」

「可是你的身體扛不住了。」我說。

「神靠一爐香，人靠一口氣。只要這口氣還在，我就不能打退堂鼓。」爺爺固執地說。說完，爺爺開始劇烈地咳嗽，咳得脖子都粗了。我真擔心爺爺的肺會咳破了，連忙在他後背上輕輕地拍打。

一會兒，媽媽回來了。她倒了大半杯的紅糖，然後加了些開水沖了，一調羹一調羹地餵給爺爺喝。

在一旁看著的我不經意打了噴嚏，我感覺鼻子裡有清涕，於是用手去擤。手從鼻子上拿下來，張開手一看，滿手的鮮血！我大吃一驚！

媽媽轉過頭來看見一條蚯蚓一樣的血跡從鼻孔流出來，嚇得眼睛大睜。

「亮仔，你，你怎麼了？」媽媽用萬分驚訝的語氣問道。

我用另一隻手去摸摸鼻子，也是一攤的血水。我茫然地搖搖頭，說：「我不知道。」

爺爺喝了些紅糖水，稍微緩解了些。他搶過媽媽手中的杯子，喊道：「你快去看看孩子，給他止血。」

媽媽忙弄來涼水拍在我的後頸和手腕上，又用一根縫紉線緊緊勒住我的食指。可是仍然血流不止，紅色的血在腳下淌了一地，我感覺我的血就要流乾了。

11

媽媽回過頭來焦急地問爺爺：「這是怎麼回事啊？」

爺爺抬起手來揉了揉眼角，疲憊地說：「這應該也是反噬作用的表現吧。」

媽媽一邊給我的後頸拍涼水，一邊飽含責備地批評爺爺：「我說了你讓他認認真真地讀書不好，非得跟著你接觸那些不乾不淨的東西！你非得把自己的外孫弄壞了才甘心是吧！」

爺爺像課堂上做小動作被老師發現了的小學生一樣低頭不語。

我忙幫爺爺說話：「沒事的，沒事的。可能是上火了也說不定呢。」

媽媽狠狠地打了一下我的胳膊，責罵道：「還上火？上火能流這麼多鼻血嗎？你也是的，不好好學習，老老實實待在家裡多看看書，就知道跟爺爺弄那些東西！那是老人家的事情，你一個小孩子瞎摻和幹什麼呀？」

「為什麼是老人家的事情啊？」我低著頭讓媽媽在後頸上用力地拍打。我以前也流過鼻血，媽媽也是這樣用手沾了涼水在我的手腕和後頸上拍打，然後掐緊我的食指，掐得我連連叫痛。這樣的方法很有效。但是今天似乎例外。媽媽在我的後頸上拍了半天，我的鼻血仍然沒有停止的跡象。

媽媽說：「怎麼是老人家的事情？老人家反正命也不長了，反噬就反噬唄。」說完故意用眼睛盯著爺爺，爺爺躲避開媽媽審視的眼神。媽媽繼續說：「你就不同了，你還年輕，你出事了丟下媽媽一個人怎麼辦？」

我媽媽確實為了我和弟弟吃了許多苦，苦得她一度對生活失去了希望。媽媽說，在她就要將農藥喝進嘴裡的時候，她想起了我和弟弟。姥爹曾經跟媽媽說過，她的八字苦，一生中有三十三難。三十難是小難，三難是大難。並且，這三個大難都是車難。姥爹臨終前媽媽已經經過了三十難，都是小難。姥爹在彌留之際拉住媽媽的手，說他閉眼前沒有看到媽媽避過三個大難，黃泉路上不安心。

姥爹顫顫抖抖地提起毛筆，給媽媽寫下了三難的大概時間。姥爹說，算八字也是不能講得太具體的，透露了天機會折壽。現在他已經要死了，不怕折壽，才將媽媽要遇到的三難時間一一告訴她，要媽媽慎之又慎。

姥爹寫到第二難的時候，突然口吐白沫，白眼一翻就去世了。爺爺哀嚎道，你何必寫出來呢！最後的一點時間都被用掉了！連遺言都沒有跟我們說！

後來，媽媽按照姥爹留下的提示，順利地逃過了前面兩個車難。

第一次臨到姥爹提醒的時間內，媽媽一直待在家裡，半腳都不出門。那幾天內，媽媽只是稍微感到身體不適。那時候買不起營養品，媽媽喝了兩大茶缸的紅糖水就對付過來了。

第二次臨到姥爹提醒的時間內，媽媽也計畫待在家裡過。可是那幾天偏偏奶奶生了一場怪病，兩隻手疼得幾乎失去知覺。爺爺用針從她手掌心裡挑出了許多黑色泥巴一樣的穢物。媽媽不得已騎著鳳凰牌的老式自行車去龍灣橋那邊買藥。

在一個下坡的路口，媽媽對面開來一輛東風牌的大卡車。媽媽的剎車突然失靈，車速越來越快。那一瞬間，車的龍頭也鏽死了一般，任媽媽用多大的力氣也擰不動，直直地有意識地朝對面的大卡車撞去。

幸虧卡車司機是個開車多年經驗豐富的老師傅。在緊急關頭，那位冷靜的老師傅急剎車。雖然媽媽的自行車還是碰上了卡車，可是相撞的勢頭明顯緩和多了。媽媽在醫院住了一個多月就康復出院了。

這次的倖免並沒有給媽媽多少安慰，因為媽媽不知道下一次車難發生的時間。這個隱患像一個隨時準備伏擊的殺手，對媽媽的安全造成很大威脅。媽媽每次過馬路都異常小心，有時對面的車還有半里路才能過來，媽媽也要耐心地等車過之後再過馬路。幸虧那個年代的農村很少有車在泥濘的馬路上賓士，所以即使媽媽這麼謹慎，也沒有耽誤多少時間。

之後的十年裡媽媽再沒有遇到危險的情況。媽媽緊懸的心隨之放鬆，多多少少有些隨意，慢慢地忘記了姥爹的囑咐。

在我上小學六年級時，爸爸決定買台農用車做生意。媽媽和舅舅都極力贊成，只有爺爺旁敲側擊地說了幾遍姥爹生前的囑咐。媽媽和舅舅都怪爺爺盡說些不吉利的話。於是爺爺唸叨幾句之後便不再多言，只在媽媽能聽到的情況下假裝對我說，為什麼這八字不能隨便跟人家算呢？就是人家遇到壞的沒有躲過就說算八字的亂說了不吉利造成的，人家小心躲過了險難的卻說八字不準。所以還是不要把八字說穿的好。

過了不到一年，媽媽果真在自家的車上出事了。一次晚上，爸爸在駕車回家的路上聽見車後有不尋常的聲音。爸爸叫坐在後面的媽媽回頭看看。媽媽在低頭探看的剎那，彷彿有一隻手拉住了她，使勁兒將她往車下拽。爸爸將車剎住的時候，媽媽已經從車底出來了，蜷縮在地上痙攣。幸虧媽媽是從車底的兩個輪子之間出來的，沒有被車輪軋到，不然後果不堪設想。

那個晚上我和弟弟很早就睡了。半夜聽到爸爸的車轟轟的聲音，我心裡莫名其妙的不舒服，有一種想嘔吐的感覺。媽媽說過，特別親的人是血肉相連的，感覺是互通的。我問過很多同學，他們都沒有這種感覺。可是我，媽媽，還有奶奶有這種連通的感覺。每次媽媽或者奶奶生病之前，我會感到渾身難受，身上的皮膚會有沙子打磨的那種癢癢。換作我生病，媽媽也有感覺。十幾年後的我在遙遠的遼寧有個發燒感冒的，身在湖南的媽媽會即時打電話過來詢問。甚至有時我的生活費不夠了而又不願意找家裡要時，媽媽也會準時將需要的錢匯到我的銀行帳戶上。

12

那晚我再次感覺有不好的事情將要發生，但是不知道我的感覺是對是錯。我靜靜地聽著車子熄火的聲音，聽見爸爸開門，聽見爸爸洗臉，而後他又走出門，然後就是一片寂靜。

我悄悄爬起來，走到地坪。爸爸孤零零地站在慘白的月光下，眼望前方。

已經過了萬家燈火的時候，遠處的山和房子變得沒有了立體感，如剪紙一般。月光如霧氣一般飄浮在周圍。

我從門口走到爸爸的身後，爸爸沒有感覺到我的腳步。我害怕打擾爸爸那種凝重的沉默，輕輕地拉了拉他的衣角，心裡忐忑地問道：「爸，媽呢？她怎麼沒有與你一起回來？」我暗暗祈禱爸爸的答案是媽媽在哪個親戚家小住去了，因為我已經感覺到了不祥的預兆，我正在跟這種預兆爭鬥。

爸爸沒有回頭來看我，眼睛仍然看著虛無的前方，說：「你媽媽暫時不能回來。」然後又陷入無限的沉默中。

「嗯。」我從爸爸的回答裡不能完全判斷預兆的對與錯。看著爸爸僵硬的表情，我也不敢再問，於是拖遝著腳步回到床上。

媽媽在醫院待了一個多月。一個多月後，家裡多了半夜的呻吟聲，那是媽媽疼醒的表達方式。

在呻吟中，我們看著媽媽一天天地瘦下去。劇烈的疼痛使媽媽在短短的一個月內減少了三分之一的體重。那段時間媽媽無數次萌生自尋短見的想法。唯一使她堅持活下來的原因就是擔心我和弟弟無人照顧。她將所有的希望都寄託在我和弟弟的身上。

媽媽的生命已經和我的融合在一起了。她希望我在學習上表現優秀，認為那就是對她最好的報答。爺爺帶我到處跑的時候，媽媽是不贊成的，但是媽媽見我如此喜愛，也便不忍心干涉。

媽媽就是這樣，即使她心裡希望我做一件事情，但是我正在迷戀於另一件事情的時候，媽媽還是會全心支持我的自作主張。而我呢，一方面迷戀於自己的隨興所至，一方面又對媽媽有很深的愧疚。

當媽媽說「你出事了丟下媽媽一個人怎麼辦」時幾乎掉出眼淚來，她害怕我看見，忙把濕漉漉的手往自己臉上一擦，藉以掩飾。而我看的清清楚楚。

「你別擔心，我現在讀高中了，一個月才能回來一次，玩完了又會到學校去的。在學校的時候我認真學習不就可以了嗎？好不好？」我安慰媽媽道。

媽媽點點頭，又從盆裡沾了些涼水拍在我的後頸上。

鼻子的狀況稍微有了好轉。媽媽抽來一根結實的縫紉線，緊緊地纏繞在我的食指上。食指的指頭立即浮腫了一般，紅得發紫。

這次換作爺爺勸我了：「要不今天晚上你就不要跟著去將軍坡——」

我馬上打斷爺爺的話：「不行！我一定要去！」話剛說完，鼻子裡的血又流得厲害了。媽媽忙又在我的後頸上拍打。

媽媽心疼地責罵道：「就你這樣子了還想去跟他們瞎混？不行！今天晚上無論如何也不會讓你出去的。你老娘我今天晚上把著門，看你從哪裡出去！」

我知道媽媽話說得厲害可是不會真把我關在家裡，我說過，就是她不樂意的事情，只要我喜歡，她也會無條件地支持我。責罵只是暫時的。

媽媽要我仰躺在椅子上，這樣流血就不會那麼凶。後來上了大學我才知道，鼻子流血的時候不應該仰著，而應該讓血自然地流出。

我聽從媽媽的話，仰躺著將倒流進嘴裡的血給吞下。也不知道過了多久，我竟然以這樣不舒服的姿勢昏昏沉沉地睡著了。

我雖然睡著了，但是耳朵還能清晰地聽到周圍的每一個細微的聲響，甚至能聽見牆角的蛐蛐用腳扒開洞口的泥土的聲音。我聽見爺爺走到我的身邊，繞著我走了一圈，然後腳步聲漸行漸遠，最終消失。

然後，我聽到了許許多多的人在講話。我知道這個屋子裡已經沒有人了，爺爺出去了，媽媽出去了。但是我的耳邊響著各種各樣的聲音，有兩人竊竊私語的聲音，有女人說笑的聲音，有老人喘息的聲音，有小孩哭泣的聲音，甚至有牛哞哞的叫聲、母雞咯咯的叫聲、公雞打鳴的聲音。

這些聲音混雜在一起，像煮開了的粥似的翻騰，弄得我的頭嗡嗡的要爆炸似的。意識似乎要脫離我的身體而去。我感覺不到四肢的存在，僅剩這些聒噪的聲音。以前我在睡覺的時候也有過這樣的感覺，但是一會兒就過去了，然後陷入深沉的睡眠之中。但是從來沒有這次這麼強烈過。

我就這麼一直處在這樣的狀態之中。屋外間或聽見媽媽或者其他人說話的聲音。他們的話混雜在這些聲音之中，雖然能辨別出來，但是聽不清他們在講什麼。後來似乎聽見了筷子敲到碗的清脆的聲音。

腦袋沉甸甸的，似乎要從椅子上掉落下來。我使勁地往上一抬頭，居然從這樣渾渾噩噩的狀態中醒了過來。眼睛癢得如同被濃煙燻了一樣，四肢發軟。口裡發出一股難以接受的氣味。

看看窗外，已經暗了，心頭一驚。一陣冰涼從腳底傳到頭頂，人不禁打了個冷顫，頓時清醒了許多，但四肢仍然乏力。

我支撐著身子走到廚房。媽媽正在用絲瓜瓢洗碗。我揉了揉眼睛，看東西十分吃力。我打了嗝，肚裡咕嚕咕嚕的一陣叫喚。

「你們吃完晚飯了？」我捂著肚子問道，「怎麼不叫我？」

沒等媽媽回答，我將屋裡掃視一周，發現爺爺不在，急忙問道：「爺爺呢？爺爺去了將軍坡嗎？」

媽媽邊洗碗邊答道：「剛才看你睡得太香了，沒忍心叫你吃飯。飯菜都給你留在碗櫃裡了。快去吃點吧。」

我確實很餓了，連忙打開碗櫃，迅速向嘴裡扒拉飯粒。

13

「爺爺去了也不叫我一聲？」我嘴裡含著飯粒氣沖沖地問道。

「是你爺爺的意思，他心疼你，他不要你去。」媽媽說。

「他不要我去？」我不相信地問道，「剛才我睡不醒也是他弄的吧？難怪剛才我睡得這麼不舒服。」

人本身就是有靈魂的東西，所以有少許的方術也可以對付人。姥爹曾經用嗜睡方術對付過駐紮在常山頂上的日本鬼子。一個團的日本兵駐紮在那裡，使喚抓來的壯丁淘金。現在的常山上還有許多廢棄的金礦，不過金子已經被淘乾淨了。「對門屋」曾經有兩個小孩子在常山頂上玩耍的時候掉進去過，一個救上來了，一個摔死了。

姥爹以前讓一個看守他們的日本兵睡著，叫也叫不醒。然後姥爹帶著幾個畫眉村的壯丁逃出來了。

現在畫眉村還有當時逃出現在還活著的老人。那老人講到這個事情時，我就想過爺爺會不會這個方術。今天看來，爺爺學到了嗜睡方術。

我瘋狂地扒完碗中的剩飯，急匆匆打開門，在夜色之中急速跑向將軍坡。

等我跑到將軍坡的時候，他們已經跟紅毛鬼打起來了。選婆躺在地上打滾，他的手腫成平常人的三倍那麼大。其他人正舉著扁擔鋤頭跟紅毛鬼對抗，叮叮噹當地響成一片。紅毛鬼想退到墳墓中，可是洞眼被爺爺之前插在裡面的扁擔擋住。看來爺爺事先料到了紅毛鬼會回到這個洞眼。

紅毛鬼急躁地搖晃插在洞眼裡的扁擔，可是扁擔彷彿長了根一樣紋絲不動。這個時候我就幫不上忙了，只能在一旁乾著急。我在人群裡尋找爺爺的影子。

爺爺正在鼓搗一個布包。布包裡不知道裝了些什麼東西。他把布包遞給一個壯實的男子，又湊在他耳邊大聲地說些什麼。由於周圍太吵，我聽不見爺爺給那人交待了什麼。

那個壯實的男子抖抖瑟瑟地接過布包，兩腿篩糠似的抖，緩緩挪向急躁的紅毛鬼。爺爺則跑到墳墓的另一邊，與紅毛鬼隔墳相望。紅毛鬼盯著爺爺看了片刻，抓起一塊大石頭砸向他。爺爺閃身躲過。

爺爺順勢半跪在地，口中默唸咒語，左掌用力打在地上。從我這個角度看去，爺爺的半邊身子被墳墓遮住，但是臉高過了墳頭。他的臉彷彿被水泡久了一般顯示出難看的魚肚白，分明反噬作用還沒有完全恢復。

爺爺的左掌擊在地面半分鐘後，墳墓開始冒煙，濃濃的青煙。那種煙如堆積太久腐爛自燃的爛草葉，發出反胃的氣味。眾人忙停止對紅毛鬼的打擊，紛紛捂住鼻子。拿著布包的壯實男子尋機走到人群前面，將布包拆開，將裡面的東西撒向紅毛鬼。撒出來的是灰塵，有些蜘蛛絲將灰塵連成一串。原來是爺爺交待過的屋樑上收集的舊灰塵。

周圍的人們剛剛被青煙的氣味燻得半死，又被這一陣陳年老灰嗆得難受，咳嗽聲間或不斷。

由於這個撒灰的人太緊張，灰多半騰起在以手為半徑的周圍，只有為數極少的灰塵黏在了紅毛鬼的身上。

灰塵落到紅毛鬼的哪塊皮膚上，哪塊皮膚就迅速糜爛，發出跟青煙一樣的燻鼻的氣味，甚至比青煙更甚。紅毛鬼兩手抓住洞眼裡的扁擔，撕心裂肺地嘶吼！吼聲震徹山谷！

紅毛鬼使盡全力拔那個扁擔，「哢」的一聲，扁擔竟然被它拔斷了！半蹲在地的爺爺目瞪口呆。扁擔不是被折斷的，而是被它拔斷的，可以看出它的力量爆發到了什麼程度。剛才的灰塵使它在劇烈的疼痛中爆發了！

它揮舞著半截扁擔朝人們打過來。

三個站在人群前面的人舉起鋤頭架擋。紅毛鬼朝他們手中的防衛武器猛擊過去，三個人同時大叫！

三把鋤頭同時飛了出去，在五六丈的地方落地。三個人張開手掌嚎叫，三個人的虎口全流出鮮紅的血。他們的虎口都被紅毛鬼強大的力量給震裂了！

紅毛鬼看見鮮血，異常興奮。它圓睜眼睛，眼光開始變色，居然發出微弱的紅光來，並且那微弱的光迅速變強，最後如手電筒發出的光一樣！

「快散開！」爺爺半蹲著大喊，手掌仍按住地面。

可是來不及了，紅毛鬼舉起半截扁擔又朝人群揮去。兩三個人應聲倒地。其他人如炸開了的螞蟻窩一樣散開。紅毛鬼彎腰抓起地上的石頭朝散開的人群一頓亂扔，有人腦袋被擊中了。

紅毛鬼舉起扁擔，面朝月亮大吼。月光照在它的臉上。我清晰地看到，它的汗毛都豎立起來！紅色的一根根，如生了鏽的鋼針！原來的山爹乾乾瘦瘦，皮膚直接貼在骨頭上。可是現在的紅毛鬼壯健得如同一頭牛，手臂大腿的肌肉鼓起來。它異常興奮！張開吼叫的嘴裡可以看見黑色腐爛的牙齒。

復活地唯一不能使屍體重新開始新陳代謝的地方就是牙齒。即使是活人，牙齒壞了也只能用其他合金補上，自身不能夠修復。所以紅毛鬼唯一腐爛的地方就是牙齒。正是因為這樣，紅毛鬼的牙齒毒性極大，不遜色於一般的毒蛇。

它齜著牙朝人們撲過去。它電筒一般的眼光向四散的人掃射，尋找要獵殺的目標。不知是誰喊了聲：「快朝山下跑啊！」人們慌亂地跟著跳躍著尋找小徑朝山下狂奔。沒有人敢走寬大的山路，因為他們都知道紅毛鬼發瘋的時候最愛在寬直的路上橫衝直撞。

選婆已經顧不得疼痛，爬起來就跑。我正要過去扶起爺爺，爺爺揮著右手喊道：「亮仔，快跟他們跑！」我忙返身跟著人群朝山下瘋跑。雜草野藤不時打在我的腿上，像一隻隻拉住我腳的手。

紅毛鬼更加興奮，跟在後面死追。它一邊奔跑一邊掄起石頭朝人群亂砸。

從將軍坡和常山交接的地方跑下來，山腳邊是一條馬路，馬路直通「對門屋」。眾人慌不擇路，立即朝「對門屋」方向逃跑。

14

眾人跑到村口的時候，選婆大聲喊道：「大家別跑了！難道你們想把紅毛野人引到家裡去嗎？」

他這一喊，人們立即剎住腳。

「聚集到一起來！聚集到一起來！」選婆喊道，「我們再齊心合力來一次，爭取把它打退到山上去。絕不能讓它進村子。」

大家剛站住，迎面走來一個四五十歲的婦女。她胖得像個圓球，彷彿從後面一推便可以在路上滾起來。但是人們看見她的時候並不會先注意她胖得過分的身材，因為她的嘴唇更加引人注目。

選婆的手電筒就照在她的嘴唇上。那是一個怎樣的嘴唇呵！她的嘴唇佔了整個臉的面積的三分之一！並且那嘴唇紅得滴血！像被人摑了一萬個巴掌腫起來似的。

她一說起話來比打雷的聲音還大：「跑什麼跑呢！這麼多人在一起就是天塌下來也不怕了嘛！何況是一幫大男人呢！」

選婆丈二和尚摸不著頭腦，搞不清這個婦女是哪裡的人。選婆愣了一下，懦弱地回答道：「有個紅毛野人正在追我們呢。」

「紅毛野人？綠毛野人，黑毛野人，白毛野人我都不怕！」那個陌生的婦女劈裡啪啦的一陣大喊，嘴巴像爆竹一般。我的耳朵被她的聲音震得發麻。

「那個紅毛野人是山爹復活過來的呢。你也不怕？」選婆低聲問道，眼睛不時瞟向將軍坡的樹林。那邊傳來樹沙沙的聲音，那是紅毛野人接近的聲音。眾人腳輕輕點地，準備在紅毛野人一出現的瞬間就馬上逃跑。

那個婦女用爆炸一般的聲音憤怒地回答道：「山爹？他生前不是挺厚道老實的一個人嗎？死了就撒野？」

選婆用力地點點頭。

那個婦女一副打抱不平的氣勢，生氣地擼起了袖子，肥嘟嘟的臂膀都露了出來，嘴裡罵罵咧咧：「他媽的，死了有什麼了不起的？我兒子女兒丈夫都死了，我活著比死都難受。我都沒有撒野，他山爹還敢撒野！？」

選婆要笑，卻不敢當面笑出聲，只好用手緊緊捂住嘴巴悶聲地笑。其他幾個人也像選婆一樣笑起來。那個婦女鄙夷地瞥了一眼幾個笑的人，雙手叉腰面對將軍坡。

這時，手電筒一樣的紅光在樹葉中透射出來。不一會兒，紅毛野人出現在眾人眼前。紅毛野人呼吸如牛，仍不知疲倦地掄著半截扁擔，嗷嗷嚎叫。

紅毛野人看見眾多男人的前面居然站著一個雙手叉腰氣勢洶洶的婦女，不禁一愣。扁擔在半空中停止運轉。

「你是山爹，是吧？」婦女昂起頭撇著嘴問紅毛野人道，一副黑社會老大的樣子。

「山爹？」紅毛野人若有所思地跟著婦女說道。

「我聽說過你，知道你挺可憐。兒子妻子都變成水鬼了。可是比起我來這算得了什麼？」婦女語氣激昂地教訓道，彷彿一個軍隊教官正在責罵一個新兵蛋子。

「兒子？水鬼？」紅毛野人皺眉問道。它的腦袋裡似乎還存有殘留的關於它兒子的資訊。

「是啊。你兒子落水死了，變成水鬼了。你妻子也是，你自己也是！」婦女的語氣越來越激烈，似乎要向誰控訴什麼。「可是這算什麼！對比起我來，這都不算什麼！」

「兒子？水鬼？」紅毛野人一動不動地站在原地，不斷地重複嘴裡的這兩個詞語。

那個婦女繼續用控訴的聲音喊道：「可是我的兩個兒子三個女兒，還有丈夫都死了！死有什麼了不起的？我還想死呢！我還願意讓他們中的誰活著，我去替他們死呢！山爹你告訴我，死有什麼了不起的？！死了就能撒野嗎？啊！你告訴我！啊！」

婦女翻騰著她兩瓣特厚的嘴唇，唾沫星子到處飛濺。

選婆見紅毛野人正在想別的問題，悄悄走到那個婦女的背後，拉拉她的衣袖，低聲道：「快趁機跑了吧，你不怕死嗎？」

那個婦女一甩手，繼續大聲罵道：「我怕什麼死？我活都不怕，我怕什麼死？啊！你說我怕嗎？我不怕！」

紅毛野人把眼光對向對面的婦女，紅色的光束照在她的臉上，像剛才選婆的手電筒照在她臉上一樣。

紅毛野人似乎要詢問對面的婦女：「活？死？我死了？我活了？」我感覺到紅毛鬼正漸漸將殘留的記憶畫面鏈結起來。它可能想起了它死去的兒子，想起了它死去的妻子，它也許還想起了死去的自己。山頂響起一陣「嗚嗚」鳴叫的怪風。我記起爺爺還在墳墓後面。

選婆喃喃自語道：「哎呀，馬師傅好像還在上面呢。」說完拿眼對我瞅了一下。我點點頭。但是現在我們誰也不敢挪動腳步，不敢驚擾紅毛野人暫時的寧靜，生怕它立即恢復了瘋狂的狀態。

那個婦女接著對紅毛野人大罵：「是的。你死了，你兒子也死了。但是你復活過來了，變成了人不像人鬼不像鬼的紅毛野人！」

「紅毛野人？」它自己問自己道。臉上表露出難以理解的神情。

那個婦女用更大的聲音責罵它：「是呀。你有個復活地，你可以死了復生。可是你兒子呢？你兒子不但屍體都沒有，連個衣冠塚都沒有！你兒子死無葬身之地呀！你沒有忘記吧，你兒子死後連個屍體都沒有找到！連自己的兒子都管不住，你還到這裡兇什麼兇？你害不害臊啊你！」那個婦女罵到痛快之處，伸出手來指著紅毛鬼通紅的鼻子罵。

紅毛野人似乎是慌張了，往腳下的四周亂瞅，嘴裡不停地唸叨道：「我的兒子？我的兒子在哪裡？我的兒子？」

那個婦女抹了抹嘴巴邊上的口水，狠狠罵道：「你兒子死了，變水鬼了，沒有屍體了，連墳墓都沒有！」

紅毛野人將眼睛抬起來，重新盯著對面的婦女，愣愣地看了半天。

15

婦女對紅毛野人的動作表示鄙夷，她似乎看誰都用這個鄙夷的表情。她上下打量紅毛野人一番，嘲笑道：「看什麼看？你兒子就是沒有葬身之地。又不是我說成這樣的？事實本身就是這樣！」

「兒子沒有了？」紅毛野人丟掉手中的扁擔，攤開雙手向婦女問道。

「你還在我面前裝傻？」婦女歪起嘴角嘲笑它。

「兒子沒有了？」紅毛野人的眼神頓時變了，兇惡的眼神不見了，它轉而用渴求的眼神看著這個兇巴巴的婦女。

婦女似乎對山爹的身世起了同情。她嘆了口氣，語氣弱了許多，語速緩慢地回答道：「是的。你的兒子沒了。你連他的屍體都沒有找到，他就是成了鬼也做不了你的兒子了。」

一瞬間，紅毛野人的眼睛發出的光漸漸黯淡下來，轉而出現的是大顆的眼淚，如牛眼淚一樣大小，砸在腳下的地面。

紅毛野人衝到婦女面前，一把抓起婦女的手。

我們的神經立即緊張起來。紅毛野人要幹什麼？它要殺了這樣羞辱它的婦女嗎？它要幹什麼？

那個婦女也被紅毛野人這個突如其來的動作嚇了一跳。

紅毛野人久久地抓住婦女的手。我們大氣不敢喘一聲。婦女也癡呆而驚恐地看著面前的紅毛野人，手足無措。剛才的神氣一下子消失得無影無蹤。我看見她的手在拼命地抖。周圍的人悄悄握緊了手中的鋤頭和扁擔，準備在突發情況下挽救這個兇悍的婦女。雖然很多人不知道這個婦女是哪裡人，為什麼剛好經過這裡。

紅毛野人先是大顆大顆地掉眼淚，接著變成無聲的抽泣，然後變成嚶嚶的哭泣，最後「哇」的一聲大哭出來，傷心欲絕的哭聲。它在婦女的面前跪了下來，雙手緊握她的手，彷彿要在她的手上找到安慰。

紅毛野人越哭越傷心，最後竟然鬆開婦女的手，在地上打起滾來，哭得肝腸寸斷。

看來是婦女的話讓它記起了兒子死去的事情。

眾人擦了一把冷汗。

這麼多大老爺們對付不了的事情，竟然被面前這個陌生的潑辣婦女擺平了。

我和選婆立刻上山去找爺爺。只見爺爺側躺在原來的地方，氣息微微。選婆扶著爺爺坐起來，輕聲道：「您這是怎麼啦？」爺爺張了張嘴，說不出話來。我代替爺爺回答道：「這是反噬。施法對施法者本身有一定的反噬作用。」

「您施啥法了？」選婆問道。爺爺抬起軟綿綿的手指著山爹的墳墓。我們看去，這才發現墳墓發生了變化。原來墳墓上的泥土是黑色的，現在變成了黃色和紅色，墳頂上的部分泥土甚至變成了白色，像曬乾了的沙土一樣。

我似有所悟，問道：「爺爺，你把狗腦殼墳聚集的精氣釋放出來了？」爺爺吃力地點點頭。

選婆問道：「您還花這麼大力氣幹什麼？紅毛野人都已經出來了，誰還會把死人葬在這裡呀？」

選婆不知道的是，復活地對人對動物都有影響。活人在裡面待久了會生病，當然就是傻子也不會鑽到墳洞裡面來。但是誰家的貓或狗鑽到這個洞眼裡來，待個一時半刻的，這貓或狗的性質就會大變，見人就咬，被咬的人三五日之後便會得「寒症」而死。「寒症」的初期表現是傷口發炎，被咬者產生幻覺，以為咬他的貓或狗還在追著他咬，他的瞳孔會變大，表現出極度的恐懼。中期表現是關節疼痛，傷口進一步惡化。最後身體蜷縮，渾身發抖，手腳冰涼，呼吸停止，與凍死的人表現一模一樣。所以人們稱之為「寒症」③。

3.寒症：寒邪侵襲，或陽虛陰盛，以惡寒，或畏寒，肢冷喜暖，口淡不渴，面白踡臥，分泌物、排泄物清稀，舌淡苔白，脈緊或遲等為常見症的寒性症候。

爺爺要將墳墓裡聚集的精氣全部釋放出來就是出於防範的目的。

我們扶著爺爺從將軍坡裡走出來。紅毛野人還在地上打滾哭嚎。眾人圍著觀看，指指點點。

「那個婦女呢？」選婆眼睛在人群裡找尋。

我朝人群裡看去，果然不見了剛才那個婦女。

選婆抓住一個人問道：「剛才罵它的那個婦女呢？哪裡去了？」被問的那個人轉頭左邊看看右邊看看，一臉茫然地說：「剛才不還在這裡的嗎？」

選婆憤然道：「我知道她剛才在這裡。我是問現在她到哪裡去了！」

「哪高去了？我也不知道啊。你問我，我問誰去？」那人仍把注意力集中在紅毛野人身上。

「怎麼回事？」爺爺指著地上打滾的紅毛野人問道。他都被眼前的情景迷惑了，用不敢相信的眼神盯著選婆問。

選婆忙將剛才嘴唇特厚的婦女責罵紅毛野人的事情簡單地複述了一遍。

「我知道了。她是無紋娘。」爺爺弱弱地說。

「吳文娘？」我以為爺爺說的是那個婦女姓「吳」名「文」。

「這裡沒有姓吳的人哪。」選婆和我有同樣的疑問。

爺爺解釋說：「是掌心無紋的無紋。不是姓吳的吳。我也不知道她姓什麼名什麼。只聽說過這個人生下來掌心沒有紋路，是天生八字大惡的人。後來她丈夫、兒子、女兒都一一得病暴亡，只剩下她一個人。她埋完一家人後變成了瘋瘋癲癲的人，清醒的時候想起親人就大哭大嚎，糊塗的時候不認得人不認得路，到處亂跑。可能她剛好今晚經過這裡，碰到了紅毛野人。你別看她說話好像沒有錯誤，但是腦袋裡的神經已經亂成一團麻了。如果旁邊有雞糞的話，你們馬上可以看出她的不正常。」

「她對雞糞敏感嗎？」選婆問道。

「不是，」爺爺說，「她看見雞糞就會撿起來吃掉。她們那塊地方的人不忍心看見她這樣，方圓十幾里的人都不養雞。所以那個地方的雞蛋價格比我們這裡要高五毛多。」

「原來是這樣啊。」選婆嘖嘖道。

「你也不用找她，誰知道她瘋瘋癲癲現在跑到哪裡去了！」爺爺說。

16

選婆朝路的盡頭望去，眼睛裡生出無限的感慨：「哎，這樣一個女人……」

「我們要不要趁機殺了這個紅毛野人？」選婆收起憐惜而感慨的眼光，轉向地上打滾哭泣的紅毛野人說。

爺爺說：「不用了。」

爺爺當時就說了這三個字，卻不再做過多的解釋。

不過，第二天早晨，村子裡的人們醒過來的時候，紅毛野人的哭聲已經止住了。它看見人們不再追趕，只是傻呵呵地笑，並無惡意，但是傻得讓人迷茫。村裡的人對它仍有戒備之心，特別吩咐小孩子不要接近它。

一次，選婆拖著一輛板車經過將軍坡，板車上裝了紮紮實實一車的木材。選婆喘著粗氣拖著板車上坡時，紅毛野人突然從旁邊的草叢裡鑽出來，頭頂上頂著一團爛草，把選婆嚇了一跳，差點把板車放下逃跑。

選婆咽了一口口水，結結巴巴地問道：「你，你在這裡幹什麼？」

紅毛野人嘴裡叼著一隻咬傷的麻雀，嘿嘿傻笑地看著他，看得選婆心裡發麻。

選婆舔了舔乾裂的嘴唇，說：「上次在將軍坡，我可是沒有打你哦，你別找我算賬哦。我剛接近你就被你打倒在地了，手腫得比平時大了好幾倍呢。我都沒有找你算賬，你也不許找我。」選婆說完低頭使勁地拖板車，可是沒走兩步，腳底一滑，幾乎跌倒。

紅毛野人一把抓住板車的把手，板車才沒有從坡上滾下去。它繼續嘿嘿地傻笑，像中了舉的范進。

選婆放開把手，乾脆一屁股坐在了地上。他抬頭看著紅毛野人說：「你要怎麼的？」

紅毛野人一手抓住把手，一手伸向選婆。選婆嚇得連連挪動屁股後退，驚恐道：「我說了上次我沒有打你，你找我幹嘛？」

紅毛野人並沒有傷害選婆，手在選婆的胸口停住，中指一勾一勾的像是挑逗他。

選婆惱羞成怒了，扶著板車爬起來，紅著脖子怒喝道：「別以為老子怕你！我叫一聲就會來幾個人的，你不怕再被打一頓嗎？」

紅毛野人根本不聽他的話，手指仍指著他的胸口一勾一勾，似有所求。

選婆低頭看看自己的胸口，上衣的口袋鼓鼓的，裡面裝有一包香菸。選婆指著自己鼓鼓的口袋，用疑問的眼神問紅毛野人道：「你的意思是，是要我的菸嗎？」他邊說邊從口袋裡抽出一根香菸來。

紅毛野人見了香菸，興奮得直跳，臉上露出欣喜。選婆懂了紅毛野人的意思，原來它在找他討要香菸。山爹生前和爺爺一樣嗜好抽菸。

選婆遲疑著將手中的香菸遞給紅毛野人，手哆哆嗦嗦的。紅毛野人的手像閃電般閃過，一下子搶過選婆手中的香菸，迅速放在嘴上叼起，一臉的得意。選婆被它的舉動逗得「撲哧」一聲笑了出來，心情放鬆了不少，膽子也更大了。

他指著紅毛野人嘴上的香菸說：「這樣叼著不行的，還得點燃呢。」說完做出劃火柴的手勢。紅毛野人愣愣地盯著他看了半天，不懂他的意思。選婆不敢在紅毛野人面前劃燃火柴把它嘴上的菸點上。因為他知道，很多鬼是怕燃火的。但是它們不怕暗火，比如木炭火，比如香菸頭上的火。

選婆自己抽出一根菸叼在嘴上，轉過身去劃燃火柴。紅毛野人果然被突然的一亮嚇得一驚，臉露驚恐地看著選婆，以為選婆要傷害它。它一巴掌打在選婆的腰上。選婆剛把火柴接近香菸，不料被紅毛野人這突如其來的一擊打倒在地，哎喲哎喲直叫喚。紅毛野人的氣力異常大，這一下夠選婆受的了。

紅毛野人拖著沉重的板車走到選婆面前，臉露兇惡，哇哇手舞足蹈，嚇唬選婆，意思是叫選婆別自不量力。選婆躺在地上抱怨道：「我的祖先呀，我不是要燒你啦。我是點燃了菸給你抽啊！」說完忍痛爬起來，將紅毛野人嘴上的菸抽下，然後將自己點燃了的香菸插進它的嘴裡。

紅毛野人瞪著燈籠大的眼睛，對選婆的動作表示懷疑。不過選婆把點燃的香菸插進它的嘴裡的時候，它顯然聞到了久違的香菸味道，欣喜非常。眼睛也不再瞪得那麼兇悍了，立即瞇成一條線。它被這奇怪的香味陶醉了。

選婆做出一個吸菸的動作，打著手勢對紅毛野人說：「像我這樣吸氣，吸，吸。」紅毛野人果然做出一個吸的動作，菸頭驟然一亮。選婆又教它吐氣。紅毛野人學著吐氣，繚繞的菸霧從它的嘴巴裡冒出來。

選婆立即朝它伸出一個大拇指。紅毛野人得意地笑了，猛烈地吸菸吐菸，十分高興。它的肺活量太大，香菸沒吸幾下就燒到菸屁股了。菸頭燙到了它的手。它觸電似的抖手將菸屁股扔了。然後它又朝選婆伸出一隻手，那隻手仍死死拉住板車。一千多斤的木材就被它這樣輕易地拉著。

「還要？」選婆指著自己的胸口對它問道。紅毛野人連連點頭。

「你得幫我把這車柴拉到家裡去，行嗎？」選婆揉揉剛剛被它打傷的腰，比畫著跟它說，「把這個柴，你看，這車上的柴，拉到我的家裡去，我的家裡，知道不？你把我的腰打傷了，我拉不回去啦。」

紅毛野人呆呆地看著選婆，一動不動。

選婆咂咂嘴，說：「你看，我的腰傷了，拉不動車了。你幫我拉回去，我把這一包菸都給你，一整包哦，都給你。」選婆在它眼前晃著那包菸。

紅毛野人明白了他的意思，馬上提起板車的把手，將板車拉得飛快。選婆忙在後面追，一歪一歪的，單手捏著腰部。

17

選婆要紅毛野人拖板車的事情傳出來之後，村裡的人都紛紛仿效，但是按慣例，都要給紅毛野人一包香菸。不給菸，它是不會給任何人做體力活的。如果你有一擔稻穀挑不動了，只要將香菸包裝盒在它眼前晃一晃，然後指著稻穀擔子，它就會興奮地跑到稻穀擔子前面，把稻穀挑起來。然後，你只需吹著輕鬆的口哨或者山曲領路了。

對它來說，做任何體力活都不重，一路小跑，輕鬆極了。做完體力活後，它也挺會享受。它會找塊乾淨的地方坐下來，小心翼翼地掏出累積的香菸來，極其小心地劃燃一根火柴，因為它稍用力，火柴便斷了。它像一個在繡花的姑娘，面帶寧靜或愜意，全心地投入。點燃香菸後，它將香菸放到嘴邊，緩緩地吸，吸的時間比一般人要久很多，然後舒服地吐出菸霧，菸霧也比一般人要多很多。因此，它的一包菸用不了多久。

在選婆的指導教育下，它知道了怎麼回它生前的家裡，到了晚上就回到那裡休息。睡覺打呼嚕的聲音整個村子都能聽見。後來選婆花了幾條香菸，才將它教會睡覺前要用兩個手指插在鼻孔裡，這樣晚上就沒有聲音干擾大家了。

它不再偷吃村裡的家禽了。在人家過年過節，殺豬宰雞的時候，它會神不知鬼不覺地將動物的內臟拿走吃掉。這一點大家開始不能接受，教育了多少遍可是不奏效。後來人們漸漸習慣把它當作村裡的一條大狗，甚至有人在殺了牲畜之後，喊聲「紅毛」，順手將內臟扔在屋前的地坪。紅毛鬼聽力異常好，不管村裡哪個角落有人喊聲「紅毛」，它都能聽見，立即迅速來到喊它的人跟前。所以不一會兒，紅毛鬼便會來到地坪，將地上的動物內臟舔個乾乾淨淨。

它身上的紅毛越來越長，越來越厚，它自己也懶得打理。我們「後地屋」的四姥姥主動擔當了給它剪毛髮的重任。因為只有四姥姥可以讓它乖乖就範，而其他人拿著剪刀一接近它，它就會做出威脅的表情，不讓人靠近。四姥姥自告奮勇走近紅毛鬼，紅毛鬼乖乖地低下頭。四姥姥在溫暖的陽光下給紅毛鬼剪毛，一邊剪一邊絮絮叨叨，講些旁人摸不著頭腦的句子。不過那些看似無用的句子對紅毛鬼似乎很奏效，它會安安靜靜地等到四姥姥收起剪刀。

但是它的毛長得飛快，一個星期不剪，它的紅毛就會長到兩個手指那麼長。毛茸茸的看起來像一隻肥胖的羊，不過羊沒有紅色的毛。所以四姥姥家的剪刀用不了多久就要磨一次。十幾年前，補鍋的，買針線的，收頭髮的，捉螞蟻的，還有磨剪刀的常常穿梭在各個鄉村之間，用各種口音吆喝著。這千奇百怪的聲音打破了村子的寧靜，同時也豐富了村子的生活。不論是什麼樣的小販，只要在村子裡一吆喝，各家各戶的閒人便趕出來看，也不管是不是自己需要。眾人圍在小販的周圍，不買東西站在旁邊看，買東西的也要抓住機會東挑西選，行為頗像現在的人在超市購物。

從此，磨剪刀的到了這個村子，不用吆喝，先到四姥姥家裡去。其他要磨剪刀的人也不用站在家門口等，拿了自家的剪刀直接去四姥姥家。有的求方便的人，剪刀鈍了便直接交給四姥姥，等磨剪刀的來了一起磨好再拿回來。四姥姥是很好說話的人，可是這個事情不同意，一定要磨剪刀的來了再拿來，磨好了立即取走。

四姥姥說，家裡的剪刀多了不好，這是忌諱。剪刀多了人容易得怪病。別人想深問，她卻不再作答。人家問她給紅毛鬼剪毛的時候說了些什麼，她一樣不作答，一臉詭異。

我想，也許歪道士不大與周邊的人交往也是由於這個原因吧。認識的人多了，難免問這問那。而他不好給人家一一解釋，乾脆少跟別人接觸了。提到歪道士，我才猜想他現在有沒有下樓來。那個討債鬼是不是還纏著他。如果他一直待在樓上，破廟裡收進的鬼們會不會關不住？會不會跑出來害周邊的居民？那個白髮的女人到底跟他是什麼關係？

如果歪道士看見了我們村裡的紅毛鬼，會不會大吃一驚？他會不會猜想這個抽香菸吃內臟的紅毛鬼的來歷？他會不會將這個已經安靜下來的紅毛鬼也收到他的破廟裡去？當然了，這些都是我一廂情願的猜想罷了。也許歪道士躲在他的小樓上根本沒有辦法脫身呢。討債鬼可不是一般難纏難處理的鬼。

爺爺在我家多待了幾天，靜靜地觀察紅毛鬼的變化，見它確實已經跟平常的動物沒有差別，便回家打理水田去了。

這時一個別的宿舍的來找人，敲門聲將我們從故事的氛圍中拉回現實。

湖南同學趁機道：「碰得好不如碰得巧。我都不知道從哪裡結束了。剛好，今天先講到這裡吧。」

被門外人叫到名字的同學還意猶未盡：「這麼兇悍的紅毛鬼，怎麼就落得一個聽人使喚的落魄下場呢？」

湖南同學笑道：「每個人都有最為軟弱的地方。對於紅毛鬼來說，它的軟肋在於兒子的死亡。一個男人最大的轉變往往發生在初為人父的時候。兒子的誕生，可以使一個剛強的男人變得溫柔，也可以使一個懦弱的男人變得剛強。而兒子的死亡，可以使一個懦弱的男人變成魔鬼，也可以使一個魔鬼變成凡人。」

18

0:00。

「你們聽說過哪個兒子比爹的年齡還大嗎？」湖南同學的嘴角帶著一絲詭異的笑。今天晚上他顯得比平常要興奮。

我們搖頭。

「做兒子的怎麼可能比爹大呢？除非不是親生的。」一個同學嘟囔道。

「不是親生的那還問什麼呢？那就太常見啦。我的意思就是親生的。」

我們一臉茫然。

湖南同學拍著巴掌道：「好吧。不賣關子了，我來講給你們聽吧……」

我整理了一些東西帶到高中的學校去，其中包括那個月季。

但是，我還帶了另外一個東西。那個東西我打算送給我喜歡的那個女孩子。我要把那個東西夾在信紙裡，一齊送給她。我相信那個東西可以給她帶來驚喜。

去學校的頭一天晚上，媽媽在我耳邊不停地嘮嘮叨叨，說什麼我一生下來姥爹便說我是才子，有讀書上進的命，說弟弟的八字是三龍出水，是做土匪的命。媽媽說她一生的希望全寄託在我的身上了。雖然我很理解媽媽的良苦用心，可還是忍受不了她停不住的嘴巴。

那時我不相信姥爹的話，我從來沒有考慮過要考什麼樣的大學，就像初中時從來沒有想過要升高中。我從頭到尾都是隨遇而安的人。

我整理書包的時候，幾個銅錢漏了出來，在桌子上相互碰觸出清脆的聲音。媽媽驚訝地看著稍稍有了些鏽跡的銅錢。我想掩飾已經來不及。

「你這些古幣是哪裡來的？」媽媽拿起其中一枚上下翻看。三枚銅幣下面壓著一枚銀幣。銅幣都是清朝時期的，圓形方孔，象徵著天圓地方，上面寫著「嘉慶通寶」、「康熙通寶」等等。銀幣比銅幣稍小，中間沒有孔，正面刻有一個美麗的女子，髮髻高挽，滿面笑意，胸部豐滿。這是一個半身像。反面則是光滑的平板，沒有任何雕飾，也沒有任何字。這也是我覺得奇怪的一方面，做這個銀幣的人把前面雕刻得這麼精細，為什麼就不能花點時間將背面也修飾一下呢？不過這並不影響它的美觀，是送給心愛的人的好禮物。

而媽媽拿的那枚正是銀幣，是我想要送給我喜歡的那個女孩的禮物。

我支吾支吾沒有回答。媽媽又問道：「你這些古幣是哪裡來的？」

我翻弄書包，假裝沒有聽到。

媽媽放下銀幣，煞有介事地問道：「這個古幣是不是從爺爺家裡拿來的？」說「拿」其實是為了讓我聽起來覺得舒服一點，因為我是在沒有詢問爺爺的情況下私自將它拿出來的。它原來放在衣櫃頂上的一個花雕桃木盒子裡。

我小的時候，村子裡到處都是各種銅錢。有的掛在鑰匙鏈上做裝飾，有的頂在房樑上保吉利，有的甚至做墊片墊在擰緊的螺母下。那時人們不稀罕這玩意。後來這些東西越來越少，才開始有人覺得有收藏的意義。於是有心的人將已經少之又少的剩餘古幣從鑰匙鏈上卸下來，從房樑上翹下來，從螺母下擰出來。甚至有的人願意用紙幣來換了。

就像門前的兩個石墩一樣，爺爺是不願意將家裡的有歷史的東西換成紙幣的，他寧願自己留在家裡，寧願被我拿去玩然後遺失也不賣。

「這是從爺爺家拿來的嗎？」媽媽再三問道。

我點點頭。我不敢回答並不是因為沒有經過爺爺的允許將古幣拿來了，因為如果詢問爺爺的話爺爺百分百會答應，我不敢回答是因為擔心媽媽知道我要把它送給別人，特別是送給我喜歡的女孩子。

換作現在，我根本不用擔心媽媽知道，因為我從來沒有跟她說過我已經喜歡上了一個同校的女孩子，她不可能知道。但是那時年少的我就是喜歡擔心一些沒有必要擔心的東西。

很多事情就是這樣。你面對它的時候，老覺得這個事情很嚴峻。一旦你經歷後，過了一段時間再回頭想想，才知道那件事情不過如此。

「這些都是些古老的東西，都是有靈性的，你要好好保管。知道嗎？」看來媽媽沒有責備我的意思，只是對我隨意放置這些古幣有些意見。我連忙點頭，將散落的古幣重新放回書包。

古幣背後隱藏著一個世人所不知道的故事，甚至連爺爺也不知道。當然，媽媽和我更無從知道。有些東西，人們一定要等到它出了大事之後才會關注，比如常山頂上的金礦洞。過了幾乎半個世紀，從來沒有人認為應該對常山上的金礦洞怎麼樣，一定要等到兩個孩子掉進去一死一傷，才有人認為應該填埋這些潛在的危險。

第二天就要到學校去了，一個月之後才能回來跟爺爺再次會面。我看著斑駁的牆壁，陷入了無際的遐想。小時候，我看著石灰塊塊剝落的牆壁，總會把條條裂痕想像成一棵棵乾枯接近死亡的老樹，把石灰缺失的地方想像成一個人頭或者山或者動物。那時候的我看著牆壁就能這樣無邊無際地想像一個下午，心情無比快樂。而現在的我，看著那些東西再也發揮不了我的想像。

我們的感覺被這個世界漸漸鈍化磨損，最後對所有事物後知後覺。

當時的我就這樣看著牆壁，漸漸進入了夢鄉。

尅孢鬼從縫紉機上跳下來。我已經打算把它帶在身邊，帶到學校去，所以把月季從窗臺上搬到了媽媽的縫紉機上，準備明天抱在懷裡帶走。

尅孢鬼抱怨我將它放在縫紉機上。

我知道我在夢裡，我笑問道：「怎麼了？你害怕縫紉機嗎？你可別告訴我尅孢鬼害怕縫紉機。」我注意到，尅孢鬼長得越發漂亮了，它甚至像一個開始發育的妙齡少女。皮膚發出微微的白光，眼睛水靈靈。它換了套藍色的衣服，衣服開始遮掩不住它的身材。

「不，我害怕縫紉機上的縫紉剪。」它聲音細細地回答。縫紉剪和一般的剪刀不同，縫紉剪的一邊把手是「S」形的手柄，而一般的剪刀兩邊手柄都是「D」形。我使用縫紉剪總是不對勁，而媽媽可以使用它熟練地裁布剪線。在媽媽的手裡，縫紉剪像一隻春歸的燕子，繞著縫紉機翻飛縈繞。

「害怕剪刀？」我擰眉問道。四姥姥總是不允許人家將剪刀托放在她家，難道是因為這樣的原因？不過鬼怕剪刀的話，放再多的剪刀在家裡也不見得是壞事啊。

「不對。」漂亮的尅孢鬼嘴角一歪，露出個純淨的笑，「我害怕的是縫紉剪，一般的剪刀倒是不怕的，反而容易勾起我用它傷人的慾望。」

「哦。」我恍然大悟。

尅孢鬼收起笑容，對我說：「我最近感覺到一股極寒的陰氣逼近，可能有什麼東西要經過這裡，或者它的目的地就是這裡。」

「你能感覺到鬼的陰氣？」我驚訝道。

「不是。其他的鬼的陰氣我感覺不到，但對跟自己的陰氣差不多的可以很敏感。」尅孢鬼說，「這兩天我總感覺到這股陰氣，並且越來越寒。」

我捏著下巴想像著越來越重的鬼氣像秋天的濃霧一樣漸漸逼近這個村莊。

尅孢鬼說：「它正在慢慢逼近這個村子。」

我一驚，凝視面前的尅孢鬼半天，然後才吐出幾個字：「你指的它是誰？」

19

尅孢鬼笑道：「你這麼緊張幹什麼?這只是我的感覺，我的感覺不一定對啊。就算我的感覺是對的，它也不一定就是真要到這裡來啊，或許它只是經過這裡呢。」這一刻，我發現尅孢鬼的邪氣還沒有完全被月季洗淨。它笑的時候，光滑的臉上突然出現很多老年人一樣的皺紋。看起來讓人很不舒服。

我用手摩擦著鼻子，藉以掩飾我對它的笑的反感。

「不過，那個紅毛鬼在村裡還是挺不安全的。」尅孢鬼將話題轉移了。

「紅毛鬼已經跟動物差不多了，只要不在它面前故意提起兒子的事情，它連發怒的脾氣都沒有，怎麼就不安全了？」我頗為紅毛鬼抱不平，畢竟它生前曾是我的「同年爸爸」。

「紅毛鬼本身並不會害人了，但是我擔心其他的人或者不是人的東西來爭奪它。」尅孢鬼認真地說，不像是跟我開玩笑。

「其他人是什麼人？不是人的東西又是什麼？鬼嗎？」我迫不及待地問道。

「也許你不知道，紅毛鬼現在雖然沒有了害人的本性，但是還是害人的好幫手，可能有其他的人或者鬼會藉助它的力量來達到自己的目的。現在的紅毛鬼像可塑性很強的泥坯一樣，它可以跟著好人做很多好事，也可以跟著壞人做很多壞事。現在它在村裡平靜的生活，說不上好也說不上壞。但是很可能就有其他因素來干擾紅毛鬼的平靜生活了。」尅孢鬼給我詳細地解釋道。它收起了笑容，這讓我舒服一點。

我領悟道：「這麼說來，你感覺到有陰氣的東西，也許就是來尋找紅毛鬼的。它已經開始行動了，想借紅毛鬼的力量幫助自己。是不是？」

尅孢鬼頓首道：「也許是這樣的，也許不是這樣的。事情沒有發生，誰知道呢？」

我憂慮道：「可是明天我就要去學校了，這裡再發生什麼，我也幫不上忙，更不知道會發生什麼。」這時，我想起了書包裡的古幣，那個一面雕刻著女人半身像一面光滑的銀幣。由此，我又想到心儀的女孩，想像著她此刻會不會想起我。

尅孢鬼似乎看透了我的心思，知趣地退下，化成一縷煙縮回到月季上。

我在夢中用力地睜眼睛，努力使自己醒過來。

費了九牛二虎之力，我的眼睛終於得以睜開，水洗了一般的月光打在我的被子上。我掀開被子，走到縫紉機前面，小心地捧著月季，把它放到我的床底下。

我順便看了看床邊的我的鞋，把它們整齊地擺好。媽媽說過，如果鞋子亂放，晚上就會做噩夢。雖然那時的我在夢裡也非常清醒，但是從噩夢中有意識地把自己弄醒有些麻煩，比如大聲地喊爸爸媽媽的時候嗓子總是被捏住了似的發不出聲。

一個晚上就這麼過去了。

第二天離開家去學校的時候，路上還碰到了紅毛鬼正在幫人家抬新打了殼的白米。不遠處的一條水牛瞪著紅紅的憤怒的眼睛看著紅毛鬼，用牛角挽住韁繩使勁地攪。水牛的主人在旁邊用鞭子恐嚇都不能使它安靜下來。還有幾隻黃狗對著紅毛鬼拼命地吠叫，但保持著一定的距離不敢靠近。

我懷裡抱著月季，書包裡背著古幣經過紅毛鬼身邊。紅毛鬼肩扛著幾百斤的白米站住了，對著我癡癡地看，鼻子用力地嗅，像狗一樣。

不知道是我吸引了它還是月季吸引了它，畢竟一個是它兒子同年同月同日出生的人，一個是它的同類。後來由於那枚銀色的古幣引發一系列的事情時，我也回想到了這天的情形，我才知道當時吸引紅毛鬼的既不是我也不是月季，而是書包裡的古幣。

當時，紅毛鬼站定在原處，看著我漸行漸遠，並沒有其他異常的舉動。我在即將拐彎的路口回頭望望村莊時，也看見了紅毛鬼同樣眺望的樣子。那一剎那，我竟然覺得它是還沒有死的山爹，他站在村頭的大路上等著放學歸來的兒子。那一瞬間，我百感交集，眼眶裡的淚水團團轉……

我在離常山村有五六里距離的小街上乘車，然後直達高中學校的大門口。

那時候流行將信紙折成千奇百怪的形狀，然後塞進寫好了郵寄地址的信封裡。雖然我的信不用塞進信封，但是也要折成某個流行的形狀，如一顆心、一件衣服、一架飛機。而我最喜歡將送給她的信折成兩間疊在一起的小屋。我將銀幣夾在兩間小屋的中間，然後委託另一個女同學偷偷送給她。

信還沒有送出去，我就已經開始想像她發現銀幣後的驚訝與歡喜了，我能想像到她那雙活潑的眼睛和一年四季紅暈的臉蛋。我在信裡寫了一首詩讚美她的紅臉蛋，我把她的紅臉蛋比作秋後的蘋果，把我自己比作垂涎欲滴的果農。年少時的愛情，總是集合了幼稚、青澀和甜蜜。

高中的寢室是八個人一間的，床分上下鋪。我本來睡在上鋪，但是為了隱藏我的月季，我找了個其他的理由和下鋪的同學換了位置。在同學們都不在寢室的時候，我將月季放在我的床底下，然後用一張報紙蓋上。

幸虧它已經不需要經常曬太陽了，不然我真不知道怎麼辦才好。晚上躺在床上，我把耳朵貼在床板上，能夠聽見輕微的報紙「沙沙」的聲音。那可能是月季在吸收夜間空氣中的精華。我偷偷爬到床沿邊上，懸出半個身子，搆到床底的報紙，將報紙輕輕地掀起來，看見月季周圍的黑色變成水一般的漩渦狀。

這時上鋪的同學翻了個身，嚇得我立即返回到床中間躺好，一動也不敢動，生怕別的同學發現我的秘密。

20

上鋪的同學夢囈了幾句英語單詞，又沉沉地睡去了。這個同學的英語成績相當好，學習相當刻苦，經常大半夜說夢話還在背當天學過的英語單詞。

我躺在下鋪等候了半刻，見上鋪沒有動靜，才安心地入眠。我的眼睛剛閉上，便進入了奇妙的夢鄉。

我夢見那枚銀幣還沒有送給她，因為夢中的我打算親手送給她。她從林蔭小道上朝我走過來，纖纖細步，面帶微笑，像從天而降的天使。我迎面對著她，雙手反剪，將銀幣藏在背後。

她慢慢地走近，來到我的跟前。我喊了一聲她的名字，她站住了。我將手移到前面來，將禮物托在掌心。

她見了我掌心的禮物，露出一個驚喜的表情。她高興地捂住了她紅彤彤的臉蛋。

可是就在她接過我掌心的禮物時，她驚叫了一聲，忙用一隻手捂住另一隻手。鮮紅的血像活蚯蚓一樣從她的指間流出。我大吃一驚，慌忙之中發現掌心的銀幣不知什麼時候變成了一朵帶刺的玫瑰！玫瑰的刺上有殘留的血跡。

這一緊張，使我從夢中醒了過來。睜開眼發現是虛驚一場，心裡才稍稍平靜了些。這個夢有什麼寓意嗎？為什麼好好的銀幣突然之間變成一朵帶刺的玫瑰呢？我百思不得其解。

與此同時，遠在幾十里外的紅毛鬼出事了。

就在我從夢中驚醒的時候，也許更早一些，也許稍晚一些，全村的人被紅毛鬼的哭喊聲吵醒。它那淒慘的叫聲令所有人毛骨悚然。那個淒慘的聲音正是從它生前的家裡傳來的。

眾人紛紛披衣起床，三五人約在一起趕向聲音傳來的方向。

等到選婆和其他幾個人趕到的時候，屋外已經圍了許多人，但是沒有一個人敢進門去。

選婆拉住一個人問道：「紅毛鬼怎麼了？」

那個人搖搖頭說：「我也才來，什麼都不知道。紅毛鬼叫得這麼厲害，是不是惡性要復發了？你可別進去，萬一剛進去就被它吃了。」

另一個人插嘴道：「不可能啊。它叫得這麼淒慘，不像是惡性復發，倒像是被什麼東西燙到了。」淒慘的叫聲不斷從屋裡傳出來，音量不次於那晚打滾哭嚎。

選婆當場叫齊幾個身強力壯的男子，吩咐道：「我們一起衝進去看看是怎麼回事。如果只是普通的叫喊也就罷了，萬一是它惡性復發，整個村子的人都脫不了干係。」被叫來的幾個人點頭同意。

說幹就幹，選婆他們每人手裡拿一根木棍當防衛的武器，一齊踹開了房子的大門。還沒等他們衝進去，渾身通紅的龐然大物一下子從裡面衝了出來，將選婆撞得東倒西歪。定眼一看，那個龐然大物正是紅毛鬼。令他們驚訝的是，紅毛鬼的脖子上多了一條鏈子，鏈子通紅，像剛從打鐵的火爐裡拿出來。紅毛鬼脖子上的紅毛被鏈子燒得蜷縮起來，發出一陣焦臭。它正是被這通紅的鏈子燒得大叫。

「是誰這麼狠心？想要害死紅毛鬼？」選婆齜牙咧嘴罵道，慌忙撲上去，死死摁住紅毛鬼，妄想將紅毛鬼脖子上的鏈子扯下來。紅毛鬼正在憤怒的時候，順手將選婆打倒在地。紅毛鬼被那鏈子燒得發了瘋，見人打人，見物砸物。誰也擋不住它。

倒在地上的選婆呆了似的坐在地上，一聲不吭。清冷的月光打在選婆的臉上，周圍的人看見他的表情古怪，像木雕一般僵硬。

一個人用木棍捅捅選婆，怯怯地問道：「選婆，選婆，你怎麼啦？你被它撞傻了嗎？」選婆這才恢復一些知覺，他舉起手掌，向大家展示他的掌心。

眾人細細看了他的手掌，沒有發現任何值得懷疑的地方。

用木棍捅他的人問道：「怎麼了？你的手掌擦傷了嗎？還是剛剛跌倒的時候崴了？」

見選婆表情僵硬地搖了搖頭，他又問道：「是不是骨折了？要不要我叫醫生來？」選婆還是表情癡呆地搖搖頭。

「我剛剛抓到紅毛鬼脖子上的燒得通紅的鏈子了。」選婆語氣冷冷地說。

「抓到鏈子有什麼……」這個人話還沒有說完，突然愣住了。剛才不是看見紅毛鬼脖子上的鏈子燒得通紅嗎？不是燒得紅毛鬼胡亂衝撞嗎？那為什麼選婆的手抓到了卻沒有任何燒傷的痕跡？這個人連忙揉揉眼睛，再朝選婆舉起的手掌看去，除了紋路沒有其他。五個手指都好好的。

「你確定你抓到了？」這個人不敢相信地問選婆。選婆眼睛瞪得比他還大，認真地點了點頭。

「這就怪了！」這個人自言自語道，彷彿要說服自己不要相信眼前的情景，可他也清清楚楚地看見選婆抓到了紅毛鬼的鏈子。他突然如當頭棒喝一般向圍觀的人們喊道：「快，快攔住紅毛鬼！」

他的聲音剛落，屋裡突然發出一個更洪亮的聲音：「不用！讓它跑吧！」

21

這時不是選婆一個人發呆了，眾人都眼呆呆地轉而盯向大門被踹壞的房子。房子由青瓦泥牆做成，並且牆上已經長了許多青苔。月光灑在房子上，整座房子在月光的籠罩下好像一隻蹲著的癩蛤蟆。敞開的門就像這隻癩蛤蟆張開的嘴，這張嘴似乎要吞噬一切。

從大門往屋裡看，一片漆黑，就如從一個廢棄的古井上面往井底探看，深邃而陰森。紅毛鬼痛苦的嚎叫聲越來越遠，誰也不知道它跑到哪裡去了。此刻沒有人關心紅毛鬼跑到哪裡去了，剛才從屋裡傳來的聲音吸引了所有人的注意。

選婆屁股被針扎了似的一下從地上彈起來，結結巴巴地大聲問道：「誰？是誰在……是誰在屋裡？」

屋裡一片寧靜，選婆側耳傾聽也沒有聽到一點聲音。連個人的腳步聲也沒有，彷彿剛才的聲音是癩蛤蟆一樣的房屋喊出來的。

「誰？！」選婆又大聲問道。

這時，在沒有任何腳步聲的情況下，突然一個人幽靈一般地出現在門口。

當看到突然出現的那個人時，在場的所有人都倒抽一口冷氣！

與紅毛鬼出事的那夜有一村之隔的爺爺也沒有睡好。爺爺正夢見自己跳躍家門前的小小的排水溝，卻不料失足，一下踩在了溝底。躺在床上的爺爺抽筋似的雙腿一彈，驚醒了旁邊的奶奶。奶奶拍拍爺爺的臉，叫醒他：「喂，醒醒，你是不是做夢了？」

爺爺睜開一雙驚恐的眼睛，伸手摸了摸額頭的涼汗，說：「是的。我夢見自己在門口的小溝裡摔倒了。」說完拉開了昏暗的燈。

奶奶笑道：「你也真是的，門口那個小溝三歲娃兒也能跳過去，你還能在那裡摔倒？好了好了，安心睡覺吧。我看你最近太操心那些不乾淨的東西，別傷了身體。睡吧，睡吧，你不睡我還要睡呢。」說完將被子朝爺爺身上拉了拉。

爺爺卻一把掀開被子，坐了起來。

奶奶不解地問道：「你怎麼啦？不睡覺了？明天還要到田裡去看看水稻呢，看看是不是要打藥了，最近蝗蟲好像很嚴重。」

「哦，」爺爺漫不經心地說，「我睡不著了。我要出去走走。」

奶奶說：「這麼晚了，你要到哪裡去走走？哪有半夜到外面去走的？你就這樣坐一會兒，等好了再睡覺。」

爺爺根本聽不進奶奶的話，自顧下床穿起了鞋子。奶奶一臉的不高興，卻關心地說：

「加兩件衣服！外面寒氣重。」爺爺順便拾了一件衣服披上，「吱呀」一聲拉開門走了出去。一陣寒氣隨即湧進溫暖的房子裡，奶奶下意識地裹緊了被子。爺爺反手關上門，腳步漸漸遠去。

爺爺來到屋前的排水溝，生怕如夢中那樣摔倒。他抬起步子，正準備跨過排水溝，這時屋前的地坪裡出現一個女人！爺爺失了神一般無可挽回地再次踏進了溝裡，身體失去平衡摔倒在地。夢中的一幕在現實中上演！當初爺爺在月光下和只有影子的綠毛水妖決鬥的時候，他能夠精確地避開排水溝、石墩、門檻。現在他卻被一個小小的排水溝所阻礙。

如果不是對面的女人，爺爺是不會失神摔倒的。到底是什麼樣的女人使爺爺這樣驚恐呢？

那個女人捧腹大笑道：「初次見面，有這麼驚恐嗎？是不是我長得太醜了，嚇到你了？」爺爺慌忙尷尬不堪地爬起來，用力地拍打身上的泥土。

面前這個女人長得不醜，甚至可以說是相當漂亮。

一頭的長髮直拖到腳下，瓜子臉杏仁眼柳葉眉。可是她是光著身子的！她的皮膚在月光下熠熠生輝，該白的地方白得晃眼，該紅的地方卻是古怪的藍色！比如她的通身皮膚白皙光滑，她的嘴唇卻是金屬的藍色，還有乳頭。

她剛才的那句話並不是疑問的語氣，反而是一種自信的炫耀。她對自己凹凸有致的身體充滿了自信。

爺爺啞在那裡，半天沒有說出話來。那個女人更加得意了，邁著高傲的步子走近爺爺，優雅地伸出一隻冰雕玉琢一般的手想將爺爺拉起來。她不知道爺爺短暫的癡呆狀態並不是因為她裸露無餘的胴體，而是因為他嗅到了極其寒烈的水氣。後來爺爺跟我說，他一輩子從來沒有聞到過那樣寒烈的水氣。那一刻，他彷彿坐在水庫旁邊，風從水面吹過來，吹到他的臉上。水是有氣味的，一般人靜心地體會也能聞到。只是爺爺這種人對金木水火土類的氣息有更加靈敏的嗅覺罷了。

爺爺沒有搭理她伸出的手，自己雙手撐地站起來，漠然地問道：「妳是誰，為什麼來找我？」

那個女人撫弄自己的身體，自我感覺良好地說：「不知道你聽說過女色鬼沒有。」

爺爺嘲弄道：「妳意思是說妳就是女色鬼？好，那麼，女色鬼，妳來找我幹什麼？」

女色鬼冷笑道：「你別裝作對我無動於衷。不知道多少男人期盼我跟他們一夜風流，哪怕他們只有一夜的生命呢。」

「呵呵。」爺爺笑道，並不辯解，只將披在身上的衣服解下覆蓋在她的身上。她身上發出的微光居然透過衣服，衣服上縱橫經緯的線能看得一清二楚。女色鬼鼻子發出嘲弄的「哼」一聲，不知道她是嘲弄爺爺的迂腐，還是嘲弄自己的過於自信。

爺爺從褲兜裡掏出一支香菸點上，深深吸了一口，然後從鼻子裡冒出兩串煙霧。這樣的吸菸方式雖然算不上高明也算不上酷，但是我曾偷偷拿他的菸試過很多次，經常被煙熏得流眼淚。

彈了彈菸灰，爺爺瞇著眼睛問道：「無事不登三寶殿，妳是有事求於我嗎？」

22

女色鬼呵呵笑道：「你果然是聰明人。」臉上的笑容在月光下如一朵正在綻開的白荷花。

爺爺在事後跟我講起他與女色鬼相遇的情景時，說它的笑聲像撥弄琴弦後的餘音一樣迷惑人心，讓人很容易就陶醉在它的笑聲中了。不知有多少男人，開始還能把握自己，但在聽到它的笑聲之後全線崩潰，心靈被它擭取，受了它的控制。

我心想這招對我應該不奏效，因為我從來不怕女人笑，只怕女人哭。

我問爺爺，你怎麼避開它的誘惑的呢？

爺爺狡黠地一笑，說，我用手使勁地掐大腿，讓自己的感覺神經集中轉移到疼痛上，從而減輕它的誘惑力量。

這個方法很庸俗，甚至有些搞笑，但是很實用。

我問道，它真的是女色鬼嗎？它有什麼企圖？肯定跟紅毛鬼有關係吧？我在聽爺爺回憶這些事情的時候，已經知道紅毛鬼被通紅的鏈子燒傷的事情，所以自然聯想到女色鬼和紅毛鬼之間的隱秘關係。

爺爺說，它自稱是女色鬼，其實它是夜叉鬼。夜叉鬼有男有女，人們習慣把女性的夜叉鬼叫做母夜叉。

母夜叉？我眉毛皺起，這個女鬼長得這麼好看，名字卻讓人難以接受。我們高二文理科分班的時候，班上轉來一些新生。班主任將新編好的座位寫在黑板上，幾個男生看見黑板上的一角寫著「甄美麗」這個名字，不禁大喜，紛紛議論說這個名字這麼好，人也應該如其名吧。幾個男生忙往對應的教室位置看去，一個金魚眼、粗眉翻唇的女生坐在那裡，不禁大吃一驚，空喜一場。這兩個剛好是相反的例子。我的本意不是要以相貌論人，只是舉例說明名字和貌相相差甚遠的驚訝。人最重要的是心靈美。就像我養的月季，以前的相貌可謂恐怖，但是隨著心靈裡惡性的減少，漸漸變得美麗好看。

爺爺頓首道，真名應該是母夜叉。這種鬼熟知人心，能使用八種聲色，幻化成八種東西。喜歡吃人肉，迷惑男人，最可怕的是喜歡吃母胎，令孩子不能出生。另外，在男女交歡時它會阻撓女子懷孕，吸吮精氣，以殘害小生命為樂，無惡不作。正是因為它有這些特性，它才自稱為女色鬼。

原來這樣哦。我領悟道。《百術驅》上對女色鬼沒有任何記載，剛聽爺爺講的時候還納悶呢，但是提到母夜叉，《百術驅》上有詳細的解釋。

就像紅毛鬼有牛的習性一樣，夜叉鬼也有自己的習性，它們有蜈蚣的習性。它們可以幻化為蜈蚣的形狀在地上爬行，藉以隱藏它們的行蹤。《百術驅》上說，人如果被這種鬼咬到，會如被蜈蚣咬到一樣又疼又癢，日復一日年復一年難以治癒，只有在清晨聽到公雞打鳴的時候這種疼癢的感覺才稍有緩解。因為雞是蜈蚣的天敵。

那它找你有什麼企圖？我重複問道。

爺爺說，它叫我不要插手管紅毛鬼的事情。

為什麼？它不是要迷惑男人嗎，紅毛鬼雖是男性，但是鬼不是人啊。我問道。

我也納悶啊！爺爺說。

「為什麼呢？」爺爺用同樣的問法問女色鬼。

女色鬼笑道：「這你就不用管了。我主動來找你，是仰慕你在方圓百里捉鬼的名聲。我希望你不要插手這件事情。同時，我可以答應你，我不會傷害這周圍的居民。我知道，萬一我傷害了這附近的居民，不管怎樣你都會出面捉我的。所以我答應你，我不傷害附近的居民。」

女色鬼收住笑容，轉而用狠狠的口氣說：「如果你不識時務，一定要跟我作對的話，你多年捉鬼不敗的名聲就要毀於一旦了。你是鬥不過我的，是不是我自誇，你自己心裡應該有底。」

說完，女色鬼倏的消失了。只有爺爺的衣服從半空中輕飄飄地落下來，蓋住女色鬼剛才站定的地方。爺爺嘆口氣，撿起地上的衣服，回到了屋裡。

奶奶聽見爺爺進屋的窸窸窣窣聲，迷迷糊糊問道：「剛才你在外面跟誰說話呢？」

爺爺悶不做聲，奶奶也便不再追問。

爺爺心思萬般地入睡了，可是選婆他們卻是整夜未眠。他和一大群人站在山爹生前的房子前，死死盯著那個詭異的人。

那個幽靈一般的人站在門口，將在場的人掃描了個遍。可是在場的人看不清那個人的臉。那個奇怪的人戴著一個奇怪的帽子。那個帽子大得離奇，不像遮陽的太陽帽，也不像擋雨的斗笠，簡直是一把油紙雨傘。不過這把雨傘沒有傘柄，直接扣在他的頭頂上。

他穿的衣服也是古里古怪，像一件大雨衣，可是肩上還披著蓑衣，真是令人費解。

在他的頭像風扇一樣搖來搖去觀察在場的所有人時，選婆發現他長著一對奇怪的耳朵。那對耳朵形狀如狐狸耳朵，並且長著絨絨的毛。如果不是他的個子和一般人高的話，整個看起來如一只偽裝成人的狐狸！

選婆他們急忙重新舉起手中的木棍，指著門口的人不人鬼不鬼的他喝道：「你是誰？！為什麼要害紅毛鬼？」

那個人半天不說一句話，只是來回察看所有人，像是要認出其中的誰一樣。在場的人屏住呼吸，靜待事情變化。

「再不說我們可就要動武了啊！」選婆威脅他說。其他幾個人連忙聚集在選婆的周圍，擺出蠢蠢欲動的架勢，與其說嚇唬門口的人，還不如說是給自己人壯膽。選婆還在心裡想，剛才那個燒得通紅的鏈子到底是怎麼回事。

這次門口的人有了動靜。他從「雨衣」裡探出一隻漆黑的手，將頭上的雨傘一樣的帽子抬高了一些。他的眼睛露了出來，選婆再次倒吸一口冷氣！

寬大的帽檐下，一雙火紅的眼睛震懾了所有的人。選婆的大腿尿急似的抖起來。那雙眼睛像風中搖曳的燈盞一樣，用不怎麼亮的光照在每一個人的臉上。

「大家不要驚慌。我不是來傷害你們的，我是來保護你們的。我是瑰道士，來自一個很遠的道觀。」那個怪人突然說道。

「保護我們的？貴道士？」選婆遲疑不定，「我們這裡倒有一個歪道士，沒聽說過貴道士。你怎麼證明你是道士，而不是有其他企圖的人？」

瑰道士又拉低帽檐，遮住火紅的眼睛，說：「我是擔心其他人對紅毛鬼有所企圖，所以要收服紅毛鬼，不讓它被其他人所用做出傷天害理的事情來。相信大家剛才也看到了紅毛鬼脖子上的火紅的鏈子，那就是我捉鬼用的法寶。」

不是瑰道士提到紅毛鬼，大家幾乎忘記了紅毛鬼。「紅毛鬼跑到哪裡去了？」選婆側頭問問身邊的人，身邊的人搖搖頭。

瑰道士揮手道：「大家不用擔心，我的鏈子套在它的脖子上，它跑到哪裡盡在我的掌握之中。」

選婆轉過頭來又看看瑰道士，問道：「對了，貴道士，你是說誰對紅毛鬼有企圖？你既然來捉紅毛鬼，肯定已經知道誰要對紅毛鬼有所企圖了吧？如果說不出個所以然來，那我們是不允許你對紅毛鬼胡來的。現在紅毛鬼的惡性已經去掉了，也算是我們村裡的一個成員了。大家說，是不是啊？」周圍的人立刻回應。

瑰道士沉吟了片刻，說：「告訴你們吧，對紅毛鬼有企圖的是另一個極其兇惡的鬼——夜叉鬼。」

「夜叉鬼？」選婆還是不相信。

瑰道士朝畫眉村的方向望了望。「也許你們不知道，夜叉鬼已經接近這裡了，它的目標就是紅毛鬼。我已經追蹤這個夜叉鬼很久了，也跟它交手過，它被我傷得很深，但是還是讓它給逃脫了。它想利用紅毛鬼的力量來對付我。」瑰道士停頓了一下，接著說，「不光是我，它還會利用紅毛鬼害更多的人。它會用色慾控制紅毛鬼，使紅毛鬼的惡性復發，並且完全受它的控制。」

選婆仍不相信，對瑰道士說：「就憑你一面之言，我們怎樣相信你？這樣的謊言很容易編造。」眾人應聲附和。

瑰道士說：「我沒有其他實物可以證明，卻有一個故事，不知道大家有沒有耐心和興趣聽聽。」

「故事？」選婆疑惑道，「什麼故事？」

「這個故事很長，一時難以講清。」瑰道士說。

「但說無妨。」選婆生硬地說，「你不講清楚，我們是不會放你離開的，更不允許你把紅毛鬼帶走。」

瑰道士講了許久，大家聽了許久，終於答應瑰道士帶走紅毛鬼。一個月後，選婆給我複述了瑰道士講的故事。故事是這樣的：

那還是在清朝，大概是康熙年間。浙江有一個富甲一方的大商人，家裡有一個待字閨中的女兒。這個女兒長得精妙無雙。她富有的父親姓羅，在女兒出生的那天就盼望自己的女兒長得鶴立雞群，於是給她取名為「羅敷」，意為要女兒長得如古代美女羅敷一樣漂亮。

長得好看不是要放在家裡當花瓶，她父親的心思自然離不開帳房那把算盤。她父親希望女兒以後可以嫁給一個比自己更富有的人家的少爺，或者嫁給一個大權在握的高官的公子。這樣，他的生意可以做得更大，家裡的銀子可以更多。

正因為這樣，她父親挑來挑去，眼看女兒就到出嫁的年齡了，卻沒有媒人給她說到一個合適的人家。

她父親為了將來在生意方面的發展，還耐著性子等待合適的機會。可是這個如花似玉的姑娘早已起了春閨怨，看著她同齡的女孩已經喜結連理，好生羨慕。那個年代的人在十五六歲就可以談婚論嫁了，過了這個年齡就很少有媒人願意搭理了。

這個姑娘此時已經18歲了，看著父親一副不釣到大魚不甘心的架勢，心裡急得不得了。一天，一個窮秀才來這個富人家借些銀兩買柴米油鹽。這個秀才跟一個管家進帳房拿銀子的時候，跟這個美麗的姑娘撞了個滿懷，秀才手裡的碎銀子撒了一地。秀才呆呆地立在那裡看著面前滿臉緋紅的姑娘，竟然忘了去拾銀子。

這個姑娘被秀才這樣一看，害羞得不得了。要知道，古代大戶人家待字閨中的姑娘一年四季在繡花樓上練習刺繡，很少見到生人，特別是面生的男子。被一個衣服雖然有些補丁但是仍然風度翩翩的秀才傻傻地看著，她難免十分羞澀。

「快拾起你的銀子滾出去吧！」姑娘身邊的丫鬟不滿地驅逐他道。

秀才對丫鬟的話無動於衷，愣了半天才說出幾句話來：「書上說書中自有黃金屋，書中自有顏如玉。我看要反過來說才好，先說書中自有顏如玉，再說書中自有黃金屋。」

丫鬟厭惡地說：「什麼黃金？什麼玉？我看你是傻了吧，有這些銀子就足夠了，你還想要黃金和玉？別妄想了，快滾吧！」

丫鬟斗大的字不識一個，自然不知道「書中自有黃金屋，書中自有顏如玉」這樣文縐縐的句子。但是姑娘曾有私塾的老師教育，明白秀才話中的隱藏意思，於是臉上飛霞，忙拉了丫鬟躲到繡花樓上去了。

管家從帳房裡出來，幫窮秀才撿起地上的碎銀子，推著他出門來。

從此，這個秀才讀書無趣，嚼肉無味，聽琴無聲，腦袋裡只有那個天仙一般的姑娘。他常常對著窗外一看就是半天，耽誤了許多讀聖賢書的時間。

古代有千千萬萬個關於窮秀才和大戶人家的姑娘的愛情故事，都是經過波波折折，恩恩怨怨，合合分分之後，結局完滿。百講不厭。他們倆的故事卻與之不同。

24

話說這個美麗的姑娘，她回到繡花樓上之後心不在焉，繡花針總是刺在蔥根一般的手指上。

再說那個窮秀才徹夜難眠，他一時性起，竟然丟掉平日的斯文，趁著夜色爬到了姑娘的繡花樓，憑著白天對這戶人家的粗略記憶，竟然摸到了姑娘的閨房……

這一來二去，兩個人便約定了固定的見面時間，長期如此，不僅僅姑娘的父母親不知道，就連天天跟著她的丫鬟都蒙在鼓裡。

究竟紙包不住火，姑娘的父親聽到了一些小道消息。他有生意人的精明，事先並不聲張，偷偷注意女兒繡花樓的動靜，弄清楚了這對男女幽會的時間規律。

又到了姑娘和秀才幽會的日子，姑娘的父親假裝像往日一樣熄了蠟燭，卻沒有睡下。他恨不得把兩隻耳朵都貼在牆壁上，聽細微的腳步聲。

姑娘和秀才不知道事情已經被父親知曉，一見面便手忙腳亂地抱在一起滾到柔軟的絲綢被子上。這時，姑娘的父親一腳踹開門，順手拿了門口邊擺著的花瓶朝這個大膽的秀才砸過來。姑娘嚇得大叫。秀才躲閃不及，花瓶砸在了裝滿聖賢書的腦袋上。

古代的書生都是文弱書生，爺爺說很多書生為了考取功名，信奉很多亂七八糟的規規條條，最典型的比如一餐飯只能吃一筆筒，不能多一口，也不能少一口。因此，這些男子只得天天捂著肚子，身體自然好不到哪裡去。

這個文弱的書生居然被花瓶打得癱倒在地，頓時不省人事，不一會兒竟然沒有了呼吸！這下驚慌的換作姑娘的父親了。他萬萬沒有想到一時火起竟然殺人了！如果這個事情傳出去，不但他女兒的名聲壞了，他的富貴命也要結束了。

為了掩人耳目，姑娘的父親極力勸服女兒跟他一起將這個秀才的屍體藏匿在這座繡花樓裡。那個繡花樓的樓板是夾層的，兩層木板之間有一定的空隙。姑娘的父親和羅敷一起就將屍體藏在樓層的夾板之間。在蓋上樓板時，羅敷心疼秀才窮得連個隨身帶走的東西都沒有，人死了連紙都沒給燒一張，總得有點陪葬品吧。於是，心生憐憫的她將一個和尚送給她的銀幣壓在秀才屍體的胸口。

她記得三歲的時候一個化緣的和尚送給她這個東西，說她的姻緣不好，等到38歲才能成家。這個銀幣可以保她婚姻順利。她懊惱地想道，自己18歲就喪夫，等到38歲還有什麼希望？誰會娶一個喪夫又年齡大的婦女？於是乾脆把和尚送的銀幣壓在了秀才的胸口。

要說那窮秀才也是可憐，雙親早逝。不但家中沒有親人，並且因為他經常找這個找那個借錢，朋友也沒有幾個敢跟他來往。所以他被那花瓶一下砸死又被隱藏後，竟然沒有人問他怎麼突然不見了。

而那個繡花樓裡再也沒有住人，羅敷家有的是錢，在別處又建了一個更大更漂亮的繡花樓。

羅敷的父親等了一段日子，發現沒有人注意到窮秀才的消失，膽子又大了起來，又要給女兒找好的婆家。他的發財夢還是沒有消退半分。可是就在這個時候，羅敷的肚子有反應了。她懷了窮秀才的孩子。

不知道是窮秀才的冤死，還是肚子裡的孩子激起了她的母性，她一口拒絕所有媒人，堅決要把孩子生下來，自己撫養。這次她的父親也攔不住她了，再說，她父親畢竟心裡有愧，也就隨她了。

選婆他們聽長著一對狐狸耳朵的自稱「貴道士」的人講到這裡，按捺不住性子問道：「我說貴道士啊，這個故事跟紅毛鬼有關聯嗎？跟夜叉鬼又有什麼關聯？聽你講了半天，沒有一點跟我們搭上邊的呀！」

瑰道士呵呵笑了。誰也看不到他的表情，只能從聲音裡推測他是笑了還是生氣了。瑰道士笑著說：「我說過，這個故事很長，你們要有耐心。」

不過在場的人很多早已經被這個故事吸引，催促道：「好好好，您講，您接著講。」然後有人罵選婆：「選婆啊，你咋就這麼著急呢？聽完了再發表意見嘛。為什麼你做了這麼多年的組長就是做不了村長啥的呢？就是因為會還沒有開完，你就著急了。」

選婆是第三村民組的組長，做了好些年，從來不見升遷。

選婆一聽大家提當組長的事不樂意了：「我當組長我高興，你們管得著？」

一個年紀稍長的人勸道：「大家別吵了，聽他把事情講完。那個羅敷決定生下孩子，然後呢？」

瑰道士清了清嗓子，接著講述。

在許多人別樣的眼光裡，羅敷生下了一個胖乎乎的小子。羅敷的父親看著這個小孩子，怎麼也高興不起來，他的高攀夢隨著這個小子的出生而破滅。從此這個老頭子一直委靡不振，在一個炎熱的夏天突然中暑去世了。可謂屋漏偏逢連夜雨，老頭子一死，窺覷已久的管家攜著銀票也逃跑了。一個富有的家庭就這樣頹敗了。

許多人都說這個孩子不吉利，剛出生就發生這麼多倒楣的事情，都勸羅敷早點把孩子丟了，還可以趁年輕找個將就的人家嫁了。

那時的羅敷比生孩子前還要有風韻，勾住了不少鄰近男人饑渴的目光。有的男人甚至同意她把孩子一起帶到新組的家庭來，可是羅敷一一都拒絕了。她決心吃盡萬般苦也要把這個骨肉拉扯大。其實羅敷本身是不甘寂寞的人，正值青春年華的她也渴望男人在她豐腴白皙的身體上耕耘開墾。無數個夜晚，她慾火焚身，孤枕難眠。

新生的兒子是她全部的寄託和希望，正因為兒子的存在，她才默默忍受著這一切。她的兒子也算爭氣，彷彿繼承了他父親的優點，對讀書有著極大的興趣。

25

孩子一天一天長大，漸漸注意到家裡的不尋常，便問羅敷：「人家的孩子都有父親，我的父親在哪裡？」羅敷早就料到有這樣一天，於是面不改色心不跳地編造謊言：「你父親去做生意了，要很久才能回來。」

這個謊言一直延續到孩子20歲的時候。此時的孩子已經是名震一方的舉人了，算得上是年少有成。兒子開始在乎人家怎麼看待他怎麼看待他的家庭了。因為人家問到「令尊可好」他支支吾吾沒有語言回答。

羅敷的謊言瞞不住聰明的兒子了，於是將20年前發生的事情一五一十地告訴了兒子。20歲的兒子聽娘這麼一說，立即要求將父親的屍體從當年的繡花樓裡移出來，好好隆重地安葬。羅敷的這個兒子是很愛面子的人，身為舉人的他最怕周圍的人懷疑他的來路不正。這樣一來，他可以心安理得地回答別人的問題。

羅敷帶著衣冠楚楚的兒子來到當初和窮秀才幽會的繡花樓，憑著還算清晰的記憶來到藏屍體的房間，和兒子一起將地上的樓板揭開。

令她和兒子都驚奇的是窮秀才的屍體並沒有腐化，仰躺在樓板之間的窮秀才就如20年前那樣毫髮無傷。彷彿他躺在這裡只是在安安穩穩地睡覺，只不過現在還沒有醒過來而已。她按了按窮秀才的臉，肌肉仍紅潤而有彈性。窮秀才的手護在胸前，羅敷移開他的手，看見了當年放在他胸口的銀幣。銀幣沒有一點灰塵蒙蔽，外面的太陽照進樓裡，打在銀幣上，反射出耀眼的光芒。羅敷不自覺抬手擋住眼睛。

她的兒子連連驚嘆，面前的父親看起來比自己還要年輕。這也難怪，窮秀才死的時候才18歲，而這個光耀門楣的舉人已經20歲了。他們倆長相相近，乍一看還以為活人是死人的哥哥呢。

她的兒子猶豫了片刻，忙幫忙扶起這個看上去比他還小的父親。羅敷跟她的兒子試圖將窮秀才的屍體裝進佃農裝稻穀用的麻袋裡。她的兒子不希望其他人知道已經過世的父親那段並不光榮的歷史。他甚至想好了，當人家問他「令尊怎麼去世這麼早」的時候，他可以一把眼淚一把鼻涕地訴說父親在外做生意遇到了兇惡的盜賊，然後順便將自己如何在沒有父親照顧的情況下刻苦發奮的辛酸史夾雜其中，藉以彰顯他的堅強和志氣。

費了好大的勁，羅敷才將窮秀才的屍體從樓板的夾層之間拉扯出來。

「噹」一聲，銀幣從屍體的胸口落下，在地上骨碌碌地滾動。羅敷的兒子好奇地撿起了銀幣，左看右看。

「怎麼一面雕刻這麼精細，一面沒有任何雕飾呢？」滿腹經綸的舉人問他娘道。

他娘還沒回答，突然聽到一聲咳嗽。

「你著涼了嗎？要注意身體啊。」羅敷關心地問兒子。

兒子迷惑道：「我沒有咳嗽啊，我以為是你呢。」

「我也沒有啊！」羅敷皺眉道。

她兒子和她不由自主地同時向窮秀才的屍體看去，屍體居然動了起來！

他們兩人驚呆了！屍體又咳嗽了幾聲，然後瞇著眼睛用力地拍身上的灰塵，接著伸了個懶腰，彷彿剛剛睡醒。屍體還沒有注意到旁邊的兩個人，自顧用手掌捂住嘴巴打了一個長長的呵欠。羅敷看著面前的窮秀才，恍惚又回到了20年前。

「你，你，你，是，是詐屍，詐屍吧？！」羅敷驚恐地問，手不住地抖。而她的兒子則像雕塑一樣愣在旁邊，目瞪口呆，一動不動。

屍體側頭看到羅敷，立即條件反射似的雙手護頭趴在地上，連連喊道：「別打啦，別打啦，再打要打死人啦！」

羅敷的表情一會兒是驚恐，一會兒是驚喜，一會兒又變成驚恐。她吞了一口口水，喉嚨裡「咕嘟」一響。屍體趴在地上靜止了片刻，見沒有人上前去打他，回過頭來看著羅敷問道：「你爹呢？你爹到哪裡去了？」

「我爹？我爹十幾年前就死啦！」羅敷眼眶裡滿是淚水，不知道是因為激動還是因為驚恐，抑或是兩者都有之。她的兒子晃了晃腦袋，將嘴巴張得比剛才更大，又呆成了一尊雕塑。

「死啦？十幾年前就死啦？」屍體不解地問道，仍趴在原地不敢多動，彷彿當年打死他的那個老頭子還躲在這個繡花樓的某處角落，一不小心就會跳出來將他打個落花流水屁滾尿流。「還是十幾年前？妳不是騙我吧？妳騙我！妳騙我！」

羅敷仰頭對天，雙手捂面，淚水從她的指間流出來。

「妳，妳哭什麼？我哪裡說錯了嗎？」窮秀才連滾帶爬來到羅敷面前，抓住羅敷的雙手使勁地搖，「出了什麼事嗎？妳爹怎樣啦？他剛才不還在這裡嗎？妳別哭啊！」

這時，屍體才發現羅敷背後還有一個人，年齡比他稍大，相貌與他有幾分相似之處。屍體一愣，指著他問羅敷道：「這個人是誰？他來這裡幹什麼？」說完上上下下打量他的兒子，眼睛裡充滿了迷惑。

「他是誰？怎麼跟我這麼相像？怎麼回事？我是不是在做夢？是不是剛才你爹進來也是我在做夢？我是不是在做夢？」屍體搖晃著羅敷，發出一連串的問號。而羅敷已經泣不成聲，根本回答不了他的疑問。

屍體突然發現羅敷的身上之物在對面那個陌生男子手裡，那個銀幣在陽光的照耀下熠熠生輝，成為這個昏暗失修的繡花樓裡唯一的亮點。屍體還沒有發現這個樓已經破敗，很多角落編織著蜘蛛網。屋裡的家具也早已失去當初的光澤，許多人的臉也像這些家具一樣，隨著時間的消逝變得蒼老。只不過羅敷和窮秀才是兩個少有的例外。

26

羅敷看著在陽光下閃耀的銀幣，忽然明白了送這個銀幣給她的和尚說的話的意思。和尚說她的姻緣不好，等到38歲才能成家，原來竟是以這樣的方式。也許那枚銀幣有什麼隱秘的力量，使窮秀才20年來沒有發生任何變化，就如剛剛睡了一覺似的。

就這樣，從生理角度來講，兒子已經20歲，父親卻只有18歲，而娘又已經38歲。這樣一個畸形的家庭，他們該如何相處呢？

「對呀，他們該怎樣相處呢？」選婆瞪著圓溜溜的眼睛問面前的怪人，「如果別人問起來，那個愛面子的舉人兒子要怎麼回答才好呢？他又怎麼對一個比他還年輕的人叫父親呢？」其他聽眾也小雞啄米似的點頭詢問。

晚風微涼，選婆不自覺地縮了縮脖子。面前的這個奇怪的人講這個奇怪的古老故事，到底有什麼含意呢？這時天空的月亮已經不見了，星星也只剩寥寥幾顆，發著微弱的光，如嗜睡人的眼睛。

「是啊，他們三個人回家相處了一段時間，都相當的不習慣。尤其是那個十分愛面子的舉人，更是不能忍受這樣荒誕的生活方式。他不但在親生父親面前叫不出爹這個字，而且在前來拜訪的客人面前也羞於啟齒。」瑰道士嘆了一口長長的氣，彷彿剛才的話都是憋住了氣說的，現在需要這樣長長的嘆息一下才能緩過氣來。

「這個故事倒是感人，可是放到現實中來，沒有一個人願意接受這樣的生活方式哦。」選婆感慨道。

「你說得對。」瑰道士對著選婆微微一笑，說道。

舉人兒子終於忍受不了天天給比自己還年輕的人請安鞠躬，在一次敬茶時偷偷加了毒藥，毒死了18歲的父親。

窮秀才剛剛從一團迷惑中緩過神來，還沒有來得及慶幸自己的重生，卻又被20歲的兒子一盅茶給毒死了。他口吐白沫，兩眼一翻，便在太師椅上蹬直了腳。

等聞訊哭哭啼啼的羅敷趕到，窮秀才的體溫又回到了冰冷的狀態。

聽眾紛紛扼腕嘆息。

瑰道士又長長地嘆了一口氣。

羅敷看著剛剛還跟她一起溫存的丈夫瞬間又成為一具僵硬的死屍，頓時萬念俱灰。她痛哭著撲在丈夫的身上，忘我地親吻丈夫的嘴唇。羅敷的兒子站在旁邊，卻不敢過來勸慰母親。他這才醒悟自己太過愛面子，事情做得太過分。他太過於緊張，竟然不知道他的母親親吻他的父親不是悲傷的告別，而是自尋死路。窮秀才的嘴唇上還有未乾的毒液，羅敷將之盡數舔進嘴裡，咽進肚裡。

等舉人兒子頓然醒悟，衝過去拉扯母親的時候，羅敷已經癱瘓在地不能起來。舉人兒子急了，忙叫人喊醫師搶救。可沒等醫師趕來，羅敷也像她的丈夫一樣冷冰冰了。這時，舉人才後悔莫及。

羅敷死後，冤魂不散，幾次欲親手殺了忘恩負義的兒子。虎毒不食子，羅敷幾次夜間來到兒子的床邊，看著熟睡的兒子卻下不了手。這樣一來，羅敷的冤魂氣得變成了惡鬼，把生前的所有事情忘記了，心中唯留一團鬱結，並且這個鬱結越來越大。當一個善良的人心中有無限鬱結的時候，他也有可能變得十惡不赦，他將顯露所有抑制的惡性。

羅敷受鬱結越來越厲害的影響，逐漸失去了善良的本性，內心深處壓抑的惡性洩露了出來。20年的獨守空房的壓抑終於爆發出來，她變成了夜叉鬼。它善於迷惑男人，這是它否定生前的堅守的表現。另外，它喜歡吃母胎，令孩子不能出生，這是它否定生下兒子的表現。在男女交歡時它會阻撓女子懷孕，吸吮精氣，以殘害小生命為樂，無惡不作。這也可勉強算作它對兒子的變相報復。

湖南同學敲了敲床頭櫃，提醒道：「好了，剩下的明天晚上同一時間再來聽吧。」

一個同學說道：「我原來以為母夜叉是非常可恨的，是比童話中的巫婆還討厭的醜陋怪物。沒想到這個叫羅敷的母夜叉卻是讓人感動的好怪物。」

湖南同學道：「世界上雖然有惡，但是惡不是無緣無故的。它必是經歷了人性的扭曲之後產生的。羅敷正是經歷了親情與愛情的雙向扭曲，才變得這樣失控可怕。其實只要我們人與人之間互相諒解寬容，很多惡是可以避免的。」

丈夫蒸發

27

零點。

外面下著淅淅瀝瀝的雨，更為我們添加了一些恐怖的氛圍。

湖南同學看了看窗外，笑道：「哈哈，這才有些氣氛嘛……」

「那個要控制紅毛鬼的夜叉鬼，」選婆打斷瑰道士說，「就是這個故事中的羅敷吧？」

瑰道士點點頭，說：「正是。我已經追蹤它許多年了，可是一直沒有辦法制服它。如果它控制了紅毛鬼，藉助紅毛鬼對付我的話，我就完全沒有辦法戰勝它了。」

瑰道士掃視一周，看著面露驚恐的人們，說：「還有一個更壞的消息，就是這個夜叉鬼已經吸取99個男人的精氣，已經有了很深的道行，如果它再吸取一個年輕男人的精氣，它的道行又要升高一層。到那時候，就是100個我也鬥不過它了。到時候，紅毛鬼不但幫不了它，反而會成為它眼中的累贅，它會把紅毛鬼也吃掉。大概你們也知道，紅毛鬼在復活地吸取了很多精氣，夜叉鬼吃下紅毛鬼後會變成夜叉魔。真到那個時候，再厲害的道士也不能收服它了。」

「夜叉鬼已經接近這裡了，你們卻還在懷疑要捉拿它的道士。」瑰道士嘲弄地說。

選婆渾身一顫，卻假裝冷靜地說：「就憑你這個故事，我們也不能完全相信你。」

「那要我怎樣你們才相信呢？」瑰道士攤開雙手問道。

選婆伸手撓撓後腦勺，說：「我們可以讓你先在我們這裡住下來，紅毛鬼你不許帶走。離我們這裡不遠的村子也有一個捉鬼的高手，叫馬岳雲馬師傅。他能掐會算，等明天我請他來看看。如果他認可了，你就可以帶走紅毛鬼。」選婆指著人群說：「這裡的人沒有一個會方術，誰也不知道你是真道士還是假道士，說句不好聽的，我們不確定你是不是就是那個夜叉鬼裝過來騙走紅毛鬼的。」

停頓了片刻，選婆接著說：「一切的一切，要等馬師傅來了再做定斷。」

其他人對選婆的話表示贊同。

瑰道士無奈道：「好吧。等你說的那個馬師傅來吧。」

第二天，選婆來到畫眉村找爺爺出山，爺爺卻一口拒絕了。選婆迷惑不解，緊跟著爺爺後面轉了一個上午，爺爺就是一口咬定不插手這件事情。

「為什麼您就突然不插手這些事情了呢？您以前不是很熱心的嗎？」選婆不滿地大喊。

爺爺扛起一把鋤頭跨出家門往田埂上走，選婆不死心地跟在後面。爺爺在狹窄的田埂上健步如飛，選婆歪歪扭扭地跟著。爺爺走到自己的水田裡，著手拓寬水溝，把一堆一堆黑色的泥土挖到田埂上，堵住了選婆前面的路。

泥水濺在選婆的褲腿上。選婆脾氣大發，怒道：「馬師傅，您怎麼可以這樣呢？再說了，紅毛鬼的事情您早就參與了，現在到了這個地步您卻突然不管了。送佛也要送到西嘛。」

爺爺仍是一聲不吭，自顧挖水溝。挖完水溝，爺爺又扛起鋤頭，走向另一塊水田。田埂很窄，都被爺爺挖上來的淤泥填滿，選婆跨不過去，只好看著爺爺越走越遠。選婆心裡狠狠詛咒，卻只好無可奈何地回去，去面對那個不知是真是假的「貴道士」。一路上留下了選婆的抱怨和咒罵。

回到家門口的選婆碰到迎面走來的瑰道士，大吃一驚。

紅毛鬼像狗一樣被他牽在手裡，鏈子的紅色已經褪去，鏈子的一頭緊緊套住紅毛鬼的脖子，一頭被瑰道士緊緊攥住。瑰道士仍穿一身奇怪的衣服，過分大的帽子，過分誇張的大衣。這次選婆看清了他的臉。他的臉已經很老，可是老得奇怪，臉上的許多皺紋不像一般的皺紋，反而像是褶痕。可以這樣形容，他的臉就像一張揉皺了的紙貼在腦袋上，像一個做工粗糙的稻草人。

當這個念頭在選婆的腦海裡閃過的時候，他更加覺得面前站著的就是一個稻草人，穿著遮風擋雨的大帽子和大雨衣。

瑰道士的眼睛已經失去了昨晚的火焰，現在如枯井一般深陷眼眶中。選婆對視他的時候，感覺自己伏在井邊往井底看，有一種莫名的恐懼。

紅毛鬼在他的鏈子下乖乖的，乖得如同一條狗。

選婆對瑰道士這樣的行為很不滿，畢竟山爹曾是這裡的一員，他們也略有交情。山爹生前與選婆碰面的時候，選婆還要尊敬地喊上一聲：「山爹身體可好啊！」

「你說的那個馬師傅不答應來吧？」瑰道士幸災樂禍地說道，兩手撫弄鏈子，傲慢得很。

「你怎麼知道？」選婆不服氣地問道。

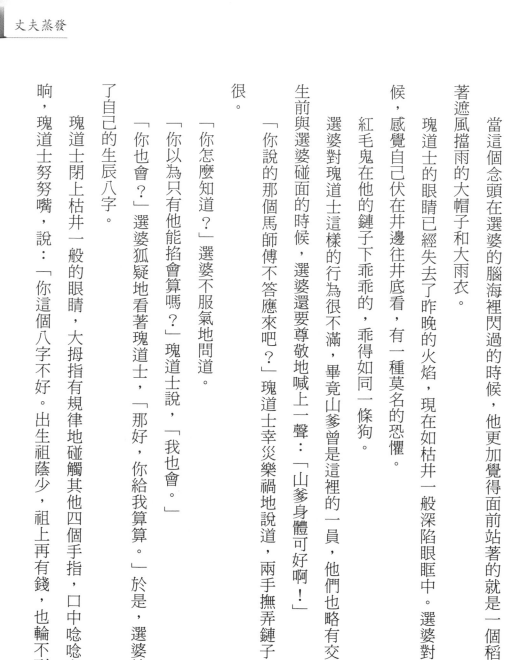

「你以為只有他能掐會算嗎？」瑰道士說，「我也會。」

「你也會？」選婆狐疑地看著瑰道士，「那好，你給我算算。」於是，選婆給他報上了自己的生辰八字。

瑰道士閉上枯井一般的眼睛，大拇指有規律地碰觸其他四個手指，口中唸唸有詞。半晌，瑰道士努努嘴，說：「你這個八字不好。出生祖蔭少，祖上再有錢，也輪不到你的份上；幼時書緣少，成績再好，也要早早輟學；種種都少，偏偏病痛長，你的手腕常常脹疼，像有根刺在裡面一樣。」

選婆驚訝得嘴巴合攏不上，連連點頭說：「是啊，是啊，我的父親本來很有錢，可是我出生的頭一天他把全部家產都賭輸了。我小時候學習成績可好了，可是六年級的時候耳朵生膿，老師的話都聽不到，只好早早輟學了。最神的是你居然算到我的手腕疼，我的手腕經常疼，平時做事不怎麼礙事，可是一旦發作厲害，就如一根刺在裡面戳，腫成蘿蔔似的。」

瑰道士點頭道：「而且，你的手腕一年四季中只有冬天才好。是不是？」

這次選婆的眼睛瞪得更加大了，連忙接著瑰道士的話說：「是啊，是啊，我也不知道為什麼，就冬天能好，怎麼勞動也沒有問題。這到底是為什麼哪？如果您能幫忙治好，那就是幫了我大忙了。我一定買酒給您喝！」

瑰道士呵呵笑道：「這個簡單。」

「簡單？」選婆一副討好表情地看著瑰道士，卑賤地哈腰問道。

「是啊，這個簡單。完全是你家的風水的原因。」瑰道士更加高傲了，不過笑容在那個皺紙一般的臉上很難看。

「我家的風水？」選婆皺眉思考自己的家哪裡不對勁，當然他自己不可能思考出任何結果來。「麻煩您告訴我，我家風水哪裡出問題了？」這時，他就要放棄對面前這個怪人的懷疑了。手腕的疼痛已經糾纏他半生了，他迫不及待地想讓煩人的疼痛早日消失。

「你家房子的西北角有一條白色的蛇，你挖到地下三尺的深度時，就可以找到它的居身之所了。你把它除掉，手腕自然就會好。」瑰道士說。這時紅毛鬼「咕嘟咕嘟」像貓一樣發出不如意的聲音，瑰道士用力抖了抖手中的鏈子，紅毛鬼馬上沒有了脾氣。

「西北角？我沒有發現過那裡有蛇啊，何況是白蛇。自打我從娘胎出來到現在，還沒有見過白蛇呢。」選婆表示懷疑，又用異樣的眼光觀察瑰道士的一舉一動，「你不是耍我吧？」

瑰道士擺擺手道：「你的手春、夏、秋都疼，只有冬天不疼，就是因為蛇只在冬天冬眠。冬天它睡著了不動，你的手就沒有刺痛。」

「這聽起來有些像哦。」選婆咂吧咂吧嘴。

「你不要直接去捉它，它驚動了會咬到你的。你可以先掘兩尺的深度，然後把答應給我喝的酒倒進蛇洞裡，先把它灌醉。稍等一會兒，然後再挖到三尺的深度，你就可以輕易捉到它了。」瑰道士說。

選婆連連點頭。

瑰道士突然轉移話題，訕笑著問選婆：「那麼，你可以答應我配合捉拿夜叉鬼了嗎？我們的時間已經不多了。」

28

瑰道士見選婆不說話，故意問道：「那個馬師傅不願意幫你，是吧？」

「你怎麼知道？」選婆問他道。

「呵呵，肯定是夜叉鬼已經知道這個地方的捉鬼高手是他，事先向他說了不要插手這件事。他膽小，不敢逆著夜叉鬼的意思，所以不答應你。」瑰道士說。

「你怎麼知道的？又是算到的嗎？」選婆揉揉手腕問道，他已經急不可待要去家裡的西北角挖那條地下三尺的白蛇了。

瑰道士笑道：「不管你怎麼想，現在就只有我們自己對付夜叉鬼了。」

「讓我再想想吧。」選婆心不在焉地說道。他此時腦袋裡只有那條白蛇了，其他的都是耳邊風，聽不進去。

選婆無心跟瑰道士再多說，兀自打開門回到屋裡，急忙到處找鋤頭。瑰道士見他這樣也沒有辦法，只好揚揚手裡的鏈子，驅趕著紅毛鬼回到山爹原來的家裡。

找到了鋤頭，提了一大罐白酒，選婆來到房子的西北角，開始挖掘。他對瑰道士的話仍是將信將疑。

挖到兩尺深的時候，果然發現一個拇指大小的地洞，不像蛇洞。這個地洞被他挖成兩段，因為他事先沒有找到外面的蛇洞，所以分不清哪頭是入口，哪頭是出口。他靈機一動，用漏斗引了酒朝兩個洞裡都倒酒，看哪個洞裡的酒水回流出來，哪個洞就是出口；另外一個不回流的理所當然就是入口了。

十幾年前的農村，老鼠非常猖獗，晚上人們睡覺的時候經常聽見老鼠在瓦上樑上床頂上跑來跑去地撒歡。人們往往想盡了各種辦法對付這些討厭的老鼠。比如我還只有四五歲和爸媽睡在一起的時候，每次睡覺前聽到老鼠沙沙吱吱響時，爸爸便躺在床上學貓叫，學貓叫幾聲後又學老鼠叫。當然學貓叫的時候要叫得有氣勢，威嚇躲在角落裡的老鼠，學老鼠叫的時候要叫得淒慘，彷彿它們的某個同伴已經被前面的貓抓住了，它的同伴正在貓爪下痛苦哀嚎。

現在想來很好玩，但是對付這些老鼠還真有效。

另一種辦法就是像選婆那樣澆灌發現的地洞。不過不是用酒，而是用開水。那時小販那裡雖有老鼠藥叫賣了，但是為了省錢，有人發明了這種土方法。找到老鼠洞後，將剛剛燒開的水往老鼠洞裡灌。躲在洞裡的老鼠自然無路可逃。

選婆的辦法跟這種灌開水的辦法差不多，只不過選婆是要灌醉白蛇，不是要燙死它。一罐酒倒了一半，才看見洞口開始漫出酒水來，看來洞裡已經填滿酒了。

選婆拍拍手坐下，點上一根菸抽完，約摸那條蛇已經醉醺醺了，才重新拾起鋤頭接著挖。

這時選婆挖得小心翼翼，生怕一不小心將那條還沒見面的白蛇一下鋤成兩段。泥土味裡混雜著酒水香味飄進選婆的鼻子。

而此時的爺爺還在水田裡挖水溝，其實現在的時節離收割已經不遠，水溝要不要拓寬已經無足重輕了。爺爺看著選婆遠去的背影，很不是滋味地嘆氣，哆哆嗦嗦著伸手到兜裡，卻沒有掏出東西來。

原來他忘記了揣兩包菸帶身上。如果是平常，爺爺總要在身上揣包香菸才能安心去田地裡幹活的。就是手拿鐮刀收割稻子的時候，爺爺也要嘴上叼一根菸，不過不點燃，因為怕菸灰掉在已經割倒的稻稈上引起火災。但是坐在田埂上稍作休息的時候，他便急急忙忙先點上嘴上叼得變形的香菸。

爺爺丟下挖溝的鋤頭，拍拍屁股坐到田埂上，隨手摘了一根野草橫放在鼻子前，用嘴巴的上唇和鼻子抵住，像平時要「戒菸」的模樣。爺爺將雙手枕在腦後，就這樣躺在窄小的田埂上，眼望著頭頂的藍天白雲。

爺爺每次帶我到田裡來幹活，我就躺在田埂上看天空，偶爾和爺爺有一句沒一句地搭話。微濕的山風從我臉上拂過，飄浮的白雲在我眼前變幻無窮。

現在的我仍很懷念那個時候，無憂無慮。那時的我什麼都不用操心、什麼都不用想，想幹什麼就幹什麼，不管做得對還是做得錯，做對了得到老師父母的誇獎，心裡樂孜孜的；做錯了頂多挨老師的教鞭媽媽的責備。即使挨了罵，也不妨礙我第二天仍高高興興地做我自己想做的事情。

而現在，總有做不完的事情，總要考慮前前後後許多的問題，生怕做錯了什麼，雖然再也沒有老師和父母的當面責備。前面的路不是等待著我的腳步走過去，而是向我跑過來，迫使我不得不連忙抬腳行走，心慌意亂。

那時閒下來的我非常享受爺爺的水田邊那陣山風、頭頂清澈的藍天和純潔的白雲。現在偶爾回到爺爺家，即使在原來的那塊田邊躺下，心境也已經不同了，風不再是當初的風，雲不再是當初的雲。爺爺，也不再是當初的爺爺。只有他手中的菸，仍是沒有任何改變地燃著，縈繞著我幼時的種種回憶。煙霧進入我的眼睛，於是眼眶濕潤，不知道是菸的品質不如以前了，還是其他的原因。

我不知道，爺爺現在在水田裡勞動的時候，會不會再想起他那時的外孫，那個悠閒又好奇地盯著天上的雲看整整一個上午的外孫。他在想到我的時候，會不會也感慨萬千，潸然淚下。那條黏濕的田埂，會不會記得曾經有個男孩依偎在它的懷裡，蹺起調皮的二郎腿。

29

三尺，說起來好像很短，但是挖起來很深。而且因為浸入了酒水的泥土比較黏，挖起來難度更大，當選婆挖到三尺的時候，已經汗流浹背了。

不知道是三尺以下的泥土本身有這麼黏濕，還是酒水浸潤到了這裡的原因，選婆幾鋤頭下去，原來的地洞居然被黏糊糊的泥巴堵上了。這一堵不要緊，選婆就再也沒有挖出地洞來。也許是選婆用鋤頭將黏濕的泥土夯實了，地洞縮小到沒有了。可是到底是什麼原因也不確定。

選婆耐住性子，用袖子擦擦額頭，揮起鋤頭細心地邊挖邊找。他恨不能把眼睛放在鋤頭的刃上在泥土裡尋找消失的地洞。他擴大了挖掘的範圍，兩個小時過後，仍然一無所獲。房子的牆腳都被他挖出來了，就是沒有再發現地洞，更別提白色的蛇了。

此時，鋤頭上黏了一大坨濕泥，用起來非常費勁。十幾年前，我們在下雨的天氣喜歡穿一種叫「套鞋」的鞋子，書名叫「雨鞋」。我到東北來再也沒有見過這種鞋子了。不知道是不是南方泥土的特性，還是所有的泥土都這樣，那時我穿著套鞋在濕路上走去上學，走到半途就提不起腳了，因為地上的泥巴像煮熟的糯米一樣緊緊粘在套鞋上，像貓狗腳板下的嘟起的肉團，很沉。

現在選婆的鋤頭上就黏了這麼大團的濕泥。選婆放下鋤頭，擦擦汗，找了一根小指大小的木棍，要把黏在鋤頭上的濕泥剔下來。

在剔泥的過程中，選婆看見一條粗大的蚯蚓在泥團裡蠕動，和泥巴一個顏色。這麼深的土裡哪有蚯蚓生存？選婆腦袋掠過這個疑問。但是他沒有過多考慮，他輕輕一撥弄，將灰不溜秋的蚯蚓遠遠地彈開，拎起重量輕了許多的鋤頭繼續擴大挖掘的範圍。

挖到太陽落山了，選婆還是沒有發現地洞。媽的，那個臭道士故意玩我吧！選婆狠狠地咒道。剛剛那個地洞這麼小，也不可能是蛇洞啊。搞不好就是個蚯蚓形成的呢，剛才不是挖到了一個蚯蚓嗎。

咦？蚯蚓？臭道士是不是要我，把蚯蚓說成蛇？難道要挖的就是那條蚯蚓？選婆立即放下鋤頭，拍拍巴掌，後悔不迭。

可是這時天色已經暗了，要找一條蚯蚓談何容易。他連忙去睡房取燈盞。那時的農村雖然已經有了電，但是隔三差五停幾天，所以家家有預備的煤油燈。選婆跑到睡房拿到了燈盞，又找到火柴，劃燃了火柴往燈盞的燈芯上送，點了好幾次都沒有點燃。

「完了，沒有燈芯了！燈芯前幾天就燒完了，這幾天有電，就忘記買燈芯了。」選婆暗暗著急，不停地咒罵自己懶，沒有提前預備燈芯。

說到燈芯，卻又使我想到好笑的事情。那時媽媽常要我去村裡的雜貨店買一些零碎的東西，比如燈芯。也不知是我的腦袋不夠靈活還是舌頭不夠靈活，對小賣部的阿姨說「買東西」和說「買燈芯」時總是舌頭轉不過來，「買東西」和「買燈芯」常常混淆。我焦急地連連說：「買燈芯，我要買燈芯。」小賣部的阿姨也焦急地問我：「我知道你要買東西，可是你到底要買什麼東西啊？」

現在想來，我還要為我當時的搞笑忍俊不禁。雖然當時會憋得小臉通紅，但是現在想來無限懷念。很多東西就是這樣，當時尷尬的害怕的糟糕的緊張的，過一段時間回想起來卻很溫馨，比如說這件事還有前面的「小馬過河」那件事；當時幸福的快樂的甜蜜的享受的，過一段時間回想起來很難過，比如說失戀。

選婆翻箱倒櫃，希望找到可以替代燈芯的布條將就一下。尼龍的就不可以，因為燒起來煙濃，還不吸油，最好可以有全棉的布條。選婆正在用手揉捏衣服分辨質料時，這時屋外一個小孩子的聲音吸引了他：「這是什麼東西啊？白色的蚯蚓呢！」

選婆一愣，馬上旋風似的跑出來。

「在哪裡？白色的蚯蚓在哪裡？」選婆大聲問那個小孩。

小孩被選婆的大聲嚇著了，畏畏縮縮地指著牆角說：「那裡，那裡不是有嗎？還發光呢。」

選婆轉過身來，看見牆角的一塊青石上爬著一條發著微光的「蚯蚓」。選婆躡手躡腳靠了過去，小孩子跟在選婆的後面，也是小心翼翼的。

發光的「蚯蚓」身後一串骯髒的稀泥，顯然那是原來黏附在它身上的，讓選婆誤認為它是蚯蚓的泥。如果它是蚯蚓，則顯得太粗；如果它是蛇，則顯得太細。可是選婆從它身上的片片細鱗可以判斷出面前就是一條細得不能再細的蛇，白蛇。微微的光正是從這些鱗片上發出來的。它長不過中指，寬不過筷子。它靜靜棲息在青石上，不知道它怎麼爬到這裡來的，也許是剛才的鋤頭壓壞它了，它需要休養一下。

「它是什麼啊？」小孩子怕驚動了它似的輕輕問選婆。

選婆驚喜之情溢於言表，兩手微顫地說：「是蛇，是白蛇！」

他一時不知道用什麼東西裝這條細小的白蛇，在挖掘的時候他就欠考慮，一心想挖到瑰道士說的白蛇，竟然沒有想到挖到它之後怎麼辦。

他想到了裝酒的陶罐。他飛身跑到鋤頭所在的地方，一手提鋤頭一手提酒罐返身回來。這時他又為難了，酒罐裡的酒還剩了一半，要倒掉捨不得，不倒掉沒有東西裝這條失而復得的小白蛇。他咬咬牙，小心用鋤頭將發光的蛇勾起來，移到酒罐的罐口抖了抖，發光的小白蛇就掉進了裝酒的酒罐裡。

他將酒罐搬進睡房，用一張油紙蓋住罐口，又用細麻繩捆住，這才放下心來。經過這一番折騰，他未將挖開的泥土重新填上，便橫身躺在床上睡著了。

窗外的天色完全暗了。陶罐裡響起輕微的水響，嘩，嘩，嘩，嘩……（我不由自主地看了看窗外的雨，彷彿那嘩嘩嘩的聲音就來自窗外的近處。）

30

選婆由於勞累而早早睡下了，可是爺爺雖然在水田裡幹活，這個晚上卻是輾轉難眠。他從選婆的口裡知道，紅毛鬼遇到了新的麻煩，一個自稱為「貴道士」的人突然來訪，還有一個選婆抓住沒有任何燙傷卻讓紅毛鬼痛苦不堪的鏈子。

貴道士？從來沒有聽說過這個人啊。按選婆描述的他的模樣，應該是上了年紀的人。既然上了年紀，應該稍有耳聞啊。可是為什麼從來沒有聽說過這個人呢？為什麼他在女色鬼找自己的夜裡剛好到達紅毛鬼家裡呢？這些疑問在爺爺的腦袋裡纏繞，揮之不去。爺爺剛閉上眼睛，裸體站在地坪的女色鬼又浮現在腦海。

還有那個「貴道士」講的故事，到底是真是假？還有他提到的銀幣，自己似乎也見過一枚銀幣，不知道是不是同一枚。自己雖然也見過一枚銀幣，卻記不起在哪裡看見過，在什麼時候看見過。人畢竟老了，記憶力遠遠不如以前了。難道區區一枚銀幣可以有一塊要求苛刻的復活地那樣的功能？如果是真的，這個道士又是如何知道這個時間距離相當遠的事情的？

很多問號在爺爺的腦袋裡打了結，使得他一點睡意也沒有了。

爺爺從已經捂熱的被子裡爬起來，往臉盆裡倒了半盆的溫水，泡了半個小時的腳，好不容易聚集起了一點睡意，沒想到剛要脫衣時，肚子突然咕咕叫了一陣。

「完了，鬧肚子了。」爺爺自言自語道。

奶奶聽見了，生氣地責備道：「昨晚說了別在外面走動，你偏不聽我的，這下果然鬧肚子了吧！活該！」

爺爺不好意思地點點頭，捂著肚子忙向茅廁跑去。

那時不管城裡鄉下，好像都還沒有衛生紙這個概念，上廁所一般都用書紙。有的家庭孩子還沒有上學的或者已經不上學的，甚至摘一片南瓜葉將就。

爺爺在茅廁蹲了許久，肚子才稍稍舒服一些。他從土牆的空隙裡隨意抽出一團紙，用力揉軟。因為書紙好好放著反而會被老鼠咬，人們都把紙張塞在土牆的空隙裡，要用的時候再抽出來就是。

爺爺在揉弄書紙的時候，眼睛不經意瞥在書紙的幾個毛筆字上。這一瞥，眼睛便再也沒有離開。這不是姥爹的字跡嗎？更令他驚訝的是，那幾個被瞥見的字中剛好有「女色鬼」這三個字。爺爺一個激靈，慌忙將紙平展，對著雪白的月光看。爺爺雖然年紀大了，但是眼睛的視力比那時的我都要好很多。

他就那樣蹲著，在月光下細細閱讀揉得皺巴巴的書紙上的毛筆字。頓時，四周都靜了下來，甚至牆角的土蟈蟈也停止了鳴叫。爺爺神情專一地看著書紙上的字，眉毛擰得緊緊的。

看完書紙上的字，爺爺慌忙又從土牆的其他空隙裡抽出一團紙。這次他沒急於揉軟書紙，而是瞇起眼睛細細看，然後塞進了兜裡。他又從一處抽出一團紙，如此重複剛才的動作。爺爺一邊這樣無休止地重複這個動作，一邊喊道：「喂，老伴啊，給我送點廁紙來！」

奶奶這時不耐煩地回應道：「茅廁裡不是到處都有廁紙嗎？還叫我送什麼送？」

爺爺的肚子又是咕咕叫了幾下，爺爺停止動作，揉揉肚子，顫著牙齒喊道：「這些都是寶啊！不能再用啦！快送廁紙來吧！」喊完又到處找土牆的其他空隙。

「茅廁裡哪有寶哦！是不是嫌紙硬了？你揉軟了將就用吧。晚上寒氣重，我不願意起來。你這個老頭子不是要折磨我嗎！」奶奶雖然嘴上這麼說，但是人已經起來了，在桌子裡找舅舅寫完了的小字本。

那夜，爺爺泡了半個小時的工夫算是白費了，他點燃燈盞，將一張張皺巴巴的廁紙放在搖曳不定的火焰下，手指指著上面的蒼勁有力的毛筆字一個字一個字地看，嘴裡跟著唸出小小的聲音。

「什麼東西？這麼要緊？」奶奶湊上去看，可是她的眼睛比爺爺的差多了，只看到一團團漆黑的墨蹟。

爺爺返過身來將奶奶扶開，說：「這是我父親留下的珍貴東西，比你這個玉鐲都要珍貴。」

「比這個玉鐲還要珍貴？」奶奶服從地坐在旁邊，低頭看自己手上的玉鐲。那個玉鐲是姥爹的姥爹傳下來的家傳之寶。玉質倒是沒有什麼特別，可是玉的中心又填充著血絲，血液一樣的液體在裡面循環流動。後來舅舅結婚時奶奶將血絲手鐲傳給了舅媽，可是舅媽卻在跟舅舅一次吵架過程中將它摔在地上，手鐲斷成了數截，裡面的液體都流失了。

爺爺一面看著廁紙一面問道：「這些紙是什麼時候塞到茅廁去的啊？」

奶奶想了想，卻搖了搖頭，說：「我怎麼記得呢？你父親還沒去世的時候茅廁裡就塞了許多紙了，後來有用掉的也有新塞進去的。」奶奶伸直了脖子看燈盞下的廁紙，迷惑道：「什麼東西？這些紙還有用啊？」

爺爺用手指彈了彈燈盞上的燈花，火光明亮了一些。爺爺對著跳躍的火光看了看，說：「怎麼沒有用？很有用。不過已經丟失的就算了。明天幫我一起到隔壁房子裡找找，看有沒有和這個字跡一樣的書紙。」隔壁房子是姥爹生前住過的。

「嗯。」奶奶答應道。

「你先睡吧，我把這些東西好好看看，整理一下順序。」爺爺對奶奶揮揮手道。

奶奶給燈盞加了一些煤油，然後睡下了。

盯著燈光下的廁紙，爺爺時而神色緊張，時而眉毛舒展，看過的一律收起來，沒看過的在燈盞的另一邊堆得老高。因為紙張都是一團團的，所以即使堆那麼高也沒有多少張。可是紙張上的毛筆字寫得稍顯細密。許多長著翅膀的小飛蟲從房間各個黑暗的角落飛出來，圍著燈盞的火焰起舞。

31

燈盞一直燃到第二天公雞打鳴。

後來爺爺跟我講起這個事情時已經時隔許久了，但是他仍禁不住喜形於色，手舞足蹈，十足像個剛進學校的小孩子，彷彿一個新鮮的世界突然展現在他的眼前，讓他驚喜異常又無所適從，讓他的腦袋有些發熱不受控制。我很迷惑又很感興趣地問：「那些廁紙上到底寫了什麼東西值得您這樣高興？」

爺爺卻扯到其他的事情上：「你姥爹可真是神機妙算的人啊！早知道他有這麼厲害，我當初就會很用心地跟他學方術了。他在沒有去世前居然就知道了女色鬼的事情。」

我驚訝道：「什麼？姥爹還在的時候就知道？」

爺爺也許是太高興，沒有聽到我的問話，自顧說道：「父親真是隱藏如山啊！不走進去不知道他的大，真進去了還要迷路。」

其實爺爺給我的感覺就像姥爹給爺爺的感覺很相像。爺爺乍一看是完完全全的老農，可是他慢慢給我展示各種讓人驚嘆的能力。原以為拿到一本《百術驅》就可以超越爺爺，現在看來真是不切實際。也許當年爺爺看姥爹的時候也是不屑一顧，根本不用心跟姥爹學方術。而當姥爹去世後這麼多年，爺爺偶然發現姥爹的手稿，這才驚訝於姥爹的厲害。

爺爺突然問我：「魏晉時代有個名人，叫阮籍，你知道吧？」

我說知道。高中語文課本裡經常提到這個放蕩不羈的歷史名人。

他說：「阮籍是當時的大名人，除了喝酒、寫詩之外，他還喜歡吹口哨，聲音能傳一兩里遠。有一天，蘇門山裡來了個得道的方術之士，名叫孫登。阮籍便去看他。」

「孫登也是當時的大名士，不娶妻不說，還不住一般的青瓦泥牆的房子，他一年四季都住在自己挖的地洞裡，冬天的時候披頭散髮，夏天編草為衣，尤其喜歡讀《周易》，隨身帶一張一弦琴，能彈一手好曲子。奇怪的是他從來沒發過火。」

「阮籍滿頭大汗地爬上山，只見孫真人抱膝坐在山岩上；他們兩人一見面，伸開腿對坐著。阮籍談古論今，往上述說黃帝、神農時代玄妙虛無的主張，往下考究夏、商、周三代深厚的美德，拿這些來問孫登。而孫登呢，仰著個頭，並不回答。阮籍又另外說到儒家的德教主張，道家凝神導氣的方法，來看他的反應，但孫真人還是一副面無表情的模樣，搞得阮籍頗為鬱悶，便對著他惡作劇般地吹了一下口哨。」

「過了好一會兒，孫真人才淡淡地說了一句：不錯，還可以再吹一次。」

「阮籍又吹了一次。」

「阮籍知道遇到了高人，就沉默下來。」

「天色向晚，阮籍起身告辭，剛走到半山腰處，忽聽山頂上眾音齊鳴，好像一個樂隊在傾情演出，阮籍驚訝地回頭一瞅，只見孫登在向他揮手，口哨聲從他那兒傳來，哨音如瀑。」

爺爺講完，沉浸在自己的故事裡一副陶醉的樣子。

「什麼叫厲害，這才叫厲害。」爺爺興奮地滔滔不絕地對我說，「方士的成分很複雜，既有學識淵博的知識份子，也有不學無術的江湖騙子。既有從事傳統科學技術研究的學者，也有普通的農夫商賈，還有出入宮廷的政客，最多的還是隱士、釋道之徒。他們有的不亞於三公九卿，被皇帝敬為座上賓。有的類似於乞丐，被百姓列於下九流。你姥爹的父親不允許他走仕途，所以沒有三公九卿的命；由於祖蔭還算好，也不可能淪落為乞丐。從頭到尾讓我以為他只是一個精於算術的帳房，只是由於無聊才玩玩方術。」

我聽媽媽說過，姥爹可以將算盤放在頭頂上撥弄。

「他不是玩玩嗎？」在媽媽的述說裡，在我的記憶裡，姥爹和爺爺都是利用自己知道的方術在力所能及的範圍裡幫助親人鄰里，從來沒有刻意去鑽研過，也沒有更大的野心。

爺爺說：「你姥爹就像孫真人一樣，看著像玩玩而已的東西才顯露給人家看，肚子裡不知道還有多少山水呢。」

「那你又是從哪裡知道姥爹的這些山水的呢？」我問道。

「從那些廁紙裡。」爺爺此時說起仍喜不自禁。驚喜之情在他溝壑的臉上洋溢著。

「廁紙？」

「那其實是你姥爹生前的手稿。」

「姥爹的手稿？廁紙是姥爹的手稿？記的什麼東西？」這時這樣問爺爺其實已經是多

餘，想都不用想就知道上面寫的東西肯定是方術之類，和《百術驅》類似，但我還是不禁脫口而出。

爺爺就廁紙上的記載給我娓娓道來。

原來，姥爹剛接觸方術的時候確實也是由於無聊和好奇，開始也僅僅學了一些掐算之術。如果當初姥爹僅用手指掐算，那也就沒有了現在的手稿。姥爹在用算盤計算家裡稻穀出入時，偶然靈機一動：能不能把演算法利用到算盤上來呢？僅用手指掐算，只能算到眼前短時間內的事情，如果用算盤上的算珠，能算到的時間範圍就非常大了。

於是，在飯後茶餘，姥爹試著用那把算珠被撥弄得發亮的算盤來代替手指掐算。這一算，果然能算到的時間範圍驟然增大了許多倍許多倍。這個效果是姥爹事先沒有料到的。姥爹又是驚喜又是害怕，驚喜的是偶然發現了這樣一個秘密，害怕的是知道得越多擔心就越多，而這些預知的東西放在心裡不舒服，說出來卻折壽。

姥爹的手指懸在算盤的上空，久久不敢放下。他被自己這個驚天的發現弄迷糊了，手足無措。一個碩大無棚的新世界陡然在他的雙手下展開……

32

如同小孩用手指算數和帳房先生用算盤算數一樣的差距，當掐算的工具透過一個變通的方法由指算改成珠算後，可以預料的時間變得無法想像的長，姥爹突然看見了自己的今生所有已經經歷的和即將經歷的甚至前生後世，他不但看到了自己，甚至像地府的判官一樣看到了所有人的命簿，什麼人從哪裡來要幹什麼事會到哪裡去，都盡展眼前。

他如同站在一條滔滔東逝的大江之上，看著世人匆匆忙忙走到他面前來，又匆匆忙忙地揮手告別。他可以在這條世人潮湧的江邊閒步，看起源的高山，看歸宿的大海。每一個人就如一滴河水，擁擠其中，茫然無措，不知道前面是不是有漩渦，是不是會碰上石頭，甚至一下濺起落在乾渴的泥土上被吸收殆盡。

而姥爹看著洶湧的江面，看到了哪裡有迴旋的拐角，哪高有激流，哪裡有石頭，哪裡平緩哪裡湍急哪裡碰撞哪裡拐彎，都看得一清二楚，真真切切。做為江河中的一滴水的個人，根本看不到這些情況，只能隨著命運的大流前進或者後退。雖然其中有極為少數的人可以通過自己的努力走出不一樣的人生，但是大多數人還是平平庸庸，剛在生活的波浪中偶露一角又沉浸在大潮之中，更多的人甚至連偶露一角的機會都沒有，就被生活的波浪推著進入最後的歸宿。

可是他能看見，不僅僅能看到某一滴的趨勢，而且能看到所有，看到所有他想看到的。雖然他能看到這一切，但是他卻改變不了什麼，因為他只是俯瞰人世的看倌，不是這個宇宙的主宰。不過，這個景觀已經足夠壯觀，足夠讓他驚嘆。

姥爹在手稿中這樣形容對發現的感受，相信他在寫下這些字的時候心情是如何澎湃不已，害怕和激動同時衝擊著他的心臟，手中的毛筆也抖動不已，以致於寫下的毛筆字墨水不均勻，甚至一不小心將蘸飽了墨汁的狼毫甩在了身上，將新洗的衣服弄髒。

他在手稿中寫了當時的激動心情，但是並沒有把推算的方法寫出來。他自己已經被眼前突然展開的人世宏圖弄糊塗了，他不想子孫們再看見。

他一時間緊張得不知道怎麼辦才好。他寫下這些感受後，滴水不進、粒飯不吃地睡了兩天兩夜，他想靜下來，可是心血直往腦袋裡衝。

爺爺的後娘雖然不關心爺爺，但是對姥爹還是盡心盡職。她急得不得了，急忙到村頭去找赤腳醫生④。赤腳醫生來了，把脈，摸額，翻眼，撫耳，就是看不出一點問題出來，可是問題就擺在他面前。赤腳醫生說，恐怕是沒有救了，準備後事吧。爺爺的後娘一聽，頓

4.赤腳醫生：是中國文革中期開始後出現的名詞，指一般未經正式醫療訓練、仍持農業戶口、一些情況下「半農半醫」的農村醫療人員。

時雙腿軟了，急問到底出了什麼問題，是不是食物中毒，還是急病暴發。赤腳醫生說，我行醫數十載，從來沒有看到過這樣的病症，他應該是得了不治之症。

爺爺的後娘兩眼上翻，癱倒在地。

姥爹的手稿寫到這裡的時候，勾起了爺爺的回憶。爺爺說他記得姥爹兩天兩夜在床上不吃不喝的情景，也記得赤腳醫生說的那些話。那時爺爺還小，心想沒有多少時間孝敬父親了，於是砍了根毛竹去水庫釣魚，想在姥爹去世之前，讓他嚐個鮮。

那個年代能吃到魚也是件難事，因為大家都沒有吃的，水庫和池塘還有小溪裡的水都被人們一滴一滴地篩過，要釣到一條大拇指大小的魚都是相當困難的。

爺爺的想法很單純，以為姥爹吃不下小米拌糠，喝不下稀粥，但是肯定會吃魚。因為那時過年桌上擺的「年年有餘」都是木頭做的魚，所以一旦有真實的魚擺在面前，姥爹一定會吃得很開心。

從清晨出發，一直釣到星星閃爍，爺爺的釣竿動都沒有動一下，騷動不安的倒是爺爺自己。

收起釣竿，垂頭喪氣地歸來的爺爺走到家門口時，聽到了響亮的算珠「劈劈啪啪」地撞擊算盤邊緣的聲音，心裡一驚。他悄悄來到姥爹的房前，偷偷朝門縫裡看。

略顯憔悴的姥爹披著一件灰色的打著補丁的中山裝坐在桌前，一手撥弄算珠，一手在毛邊紙上記著什麼。燈芯上的燈花已經很多了，嚴重影響了燈光的亮度，可是姥爹根本沒有注意，一門心思全在算盤和毛邊紙上。

父親在幹什麼呢？從來沒有看到過他在深夜裡算稻穀的賬啊。再說，父親算賬的時候一般都有監督人在場。那麼，他此刻在幹什麼呢？

這個疑問一直在爺爺的心裡，很多次爺爺以為他是在貪污稻穀做自家用，但是很快又否定，因為姥爹的為人不是這樣。直到爺爺看到姥爹遺留的手稿，才知道姥爹當時確實是起了私心。他不敢洩露天機，但是對自己子孫的命運很在乎。並且，那時很多人家都生許多孩子，以繼承香火。而爺爺是姥爹唯一的一個孩子，而爺爺的親生母親很早去世，後娘對他也好不到哪裡去。雖然姥爹的後妻沒有在姥爹面前表現出討厭爺爺的樣子，但是姥爹很清楚爺爺的處境。他不在場的情況下，後妻對兒子的情況又是另一副模樣。而姥爹比他後妻的年紀大很多，所以擔心自己死後兒子的處境。

即使沒有這些，又有哪個父親不關心兒子的將來？

於是，姥爹第一個想到的自然是爺爺，於是他第一個算的是爺爺的命運。他算到了爺爺會與女色鬼相遇，當然除了這個，他還算到了許多爺爺要遇到的困難，但是任何一個也比不上女色鬼這個困難。按照算珠的推算，爺爺會在女色鬼這件事上失手，會導致喪命的結局。姥爹的兩手一哆嗦，毛筆從手指間脫落，在毛邊紙上弄髒了一大塊。

33

毛筆脫落手間的情景剛好被門外的爺爺看見，爺爺更加詫異了，父親到底怎麼了？這兩天不吃不喝的，現在突然起床了，還立刻到帳房擺弄算盤。這些也還好，但是算稻穀的賬也能算到這樣心驚肉跳嗎？

爺爺百思不得其解，轉身離去時釣竿撞上了木門。

可是這也未能將姥爹的注意力轉移過來。姥爹乾脆扔了毛筆，單手托著下巴，陷入兩難的境地：到底要不要想辦法救兒子呢？做為一個普通的人，看見了人生大勢已經是不應該，這可是只有地府判官能夠知道的事情，現在要修改它的過程，更是特別嚴重的忌諱。

如果眼看著兒子會出事而袖手旁觀，他是無論如何也做不到的。可憐天下父母心。

姥爹決定插手這件事情，不過不是直接干預，而是透過其他比較隱蔽的方式。直接干預的話，在挽救爺爺之前能不能保住自己的性命都是問題，一個人的命運在這滔滔的江水中實在太渺小了，姥爹在手稿中是這樣說的。

我不知道到底有什麼威脅著姥爹的生命，以致於姥爹這樣害怕。也許姥爹他能看到，也許他看見了隱藏在萬事萬物背後的一隻隱形的掌控能力，正是那個東西掌控著地雷一樣的忌諱，如果直接走過去觸動了它，你會爆炸得粉身碎骨；即使小心翼翼地繞彎走過去，也是心中忐忑如履薄冰。

那個晚上，爺爺看著姥爹手稿上字跡墨蹟很不均勻，深深淺淺的如一幅水墨畫。可見姥爹當時的心情是多麼複雜，手顫動得是多麼厲害。姥爹就如在地雷區行走，外在的謹慎和內心的惶恐交織在一起。

而選婆沒有這麼多的考慮，他自顧挖出了小白蛇而暫時忘記了女色鬼的危險，舒舒服服地睡到第二天日上三竿。太陽照進他的房間，陽光落在酒罐上。選婆揉揉惺忪的眼睛，寬心地看了看酒罐。酒罐早在他醒來之前已經安靜下來。

「那個『貴道士』還真是神啊！」選婆伸了個懶腰，極其愜意地看著酒罐。他突然想到還沒有處理小蛇的辦法，所以急忙穿上衣服，毛手毛腳地走到酒罐旁，蹲在那裡將耳朵貼在酒罐的封口上細細聆聽。等了一會兒，不見酒罐裡有聲響，他抱起酒罐，將它小心翼翼地移到床邊的八仙桌下，又從八仙桌的抽屜裡找到一張透明的塑膠紙將它蓋上。

他滿意地起身離開，走到房門口的時候又站住，側頭看了看八仙桌下的酒罐，仍覺得不放心。他在門口站了將近半分鐘，似乎在等待什麼又似乎什麼都不等。那個酒罐安安靜靜地待在那裡，酒罐肚大而口細，酒罐的上半身有一層毛糙的釉瓷，這樣看去頗有彌勒佛的姿態。

「真的，我當時就感覺一個彌勒佛躺在那裡，笑眯眯地看著我。」選婆對我說起這些的時候，極其認真地說。我從他賭咒發誓的神態中看不出任何說謊的成分。

「我不知道那預示著什麼事情。」選婆說。

我從他的話語中能夠想像到他站在門口的心情，幾分安穩幾分未知。安穩的是小白蛇已經收入囊中，未知的是這條小白蛇是不是就這樣被收服了，它會不會像個定時炸彈，在最恰當的時候給他一個突然襲擊？

那的確是個不吉利的預兆。不過事情沒有發生前，誰也不知道這個預兆是不是不吉利，包括我，包括爺爺。

總之，那一刻，選婆揣著複雜的心情離開了像彌勒佛一樣的酒罐。

剛出門，瑰道士又來找他了，帶著一臉諂笑。他這次沒有帶著紅毛鬼，也許他知道選婆反感他這樣做。

「什麼事？」選婆被剛才的奇怪感覺弄得心情不好，剛出門又看見一個稻草人一般的道士，自然不會給他好臉色看。

瑰道士尷尬地乾咳兩聲，用紙折的臉笑著對選婆說：「能有什麼事情？還是那個夜叉鬼的事情。現在馬師傅不來了，只有我們兩個好好配合，才能拿下它。所以我又來了。還得麻煩你，這也是對村子……」

選婆大手一揮，皺眉打斷他：「我能幫上什麼忙？你不是已經控制了紅毛鬼嗎？你道士不捉鬼，要我幫什麼忙？我也不懂道術。」

選婆返身進屋，動手淘米做飯。選婆的娘在頭些年去世了，他自己也還沒有討媳婦，過著伶仃的生活，洗衣做飯都靠自己。瑰道士跟著進屋，仍舊一臉不改的諂笑，有一搭沒一搭地跟選婆扯些雞毛蒜皮，暫時沒有提選婆反感的事情。選婆這才給他笑臉，跟他講些村裡的趣事笑話。有心無心的，選婆也將山爹生前的苦事夾雜其中講給瑰道士聽。瑰道士也聽得很認真。

「即使你收走了它，也請你對它好好的，它生前受夠了苦難。其他人都說它傻，幹什麼想不明白就跟著跳水了，但是我能理解。人活到這份上還有什麼意思？你說是不是？」

選婆一邊往炤裡加柴一邊說。炤裡火燒得旺，熱氣直往臉上沖，燙得很。瑰道士忙舉起手來遮住臉。

「唉，唉。」瑰道士一面擋住臉一面回答。

不消一會兒工夫，飯菜都弄好了。選婆抽出兩雙筷子拿出兩隻碗，問道：「來來來，菜不好，飯夠，將就一下？」

瑰道士連連推辭。

「客氣！」選婆一面往碗裡盛飯一面笑道，「你是正式的道士，自己不種田，不像馬師傅大多時間還是待在農田裡。你是吃萬家飯的。來，將就一餐吧。」

將盛上的飯往瑰道士面前一放，選婆自己端著另外一隻碗吃了起來，一面往菜碗裡夾菜，一副窮吃相。他仍不忘揮揮粘著飯粒的筷子，催促瑰道士道：「吃呀。鬼要捉，飯也要吃呀。」

瑰道士不吃，只用鼻子在飯碗上面嗅了一嗅，一副很滿足的樣子。

選婆停下筷子，愣了。

34

選婆嘴巴停止了嚼動，彷彿被人點了穴似的一動不動地看著瑰道士。

瑰道士開始並沒有注意到選婆的變化，仍閉著眼睛沉浸在虛無縹緲的滿足感之中，旁若無人。當他睜開眼來，瑰道士與選婆大眼瞪小眼，互相都不明白對方是怎麼了。

「你，你吃飯啊。這樣看我幹嘛？」瑰道士也愣愣的，不知道選婆怎麼突然如此驚訝地看著他。他伸手在自己臉上摸了一把，以為臉上黏了飯粒。

選婆眨了眨眼睛，看看瑰道士，又看看瑰道士面前的飯。

瑰道士隨即反應過來，一拍大腿，哈哈大笑：「對不起，對不起，剛才的動作嚇到你了吧！」他站了起來，要拉住選婆哆嗦的手。選婆慌忙躲開。

「你，你剛才幹什麼？你，你，你是鬼嗎？」選婆緩緩搖動腦袋，呼吸急促地說，「你不是道士，你是鬼！只有鬼才這樣吃飯的！」

如果當場的人換作是我，我也會嚇呆。我舅舅以前有個不好的習慣，吃飯前喜歡先嗅一嗅。他每不自覺地嗅一次，奶奶就要在他腦瓜上敲一筷子，以示警告。奶奶語氣低沉地說，只有死人的靈魂才這樣吃飯的，像供給亡人的飯菜，都要倒掉的，吃了會壞肚子。因為亡人不吃飯菜，只用嘴鼻在上面嗅一嗅，吸走飯菜的精氣。

還有一個忌諱，就是吃飯前不要把筷子垂直插在飯上，那是等於告訴潛在的亡靈：這個飯是給你們吃的。於是在你看不到的情況下，也許就有亡靈上前吸走了飯的精氣。

瑰道士看見選婆的眼睛裡充滿了懷疑，忙解釋道：「你以為我是鬼？對，對，鬼確實是這樣吃供品的，可是不只有鬼這樣的。」

「不只有鬼這樣？哼，反正人不是這樣的。你到底是什麼？你不是鬼？那你也是跟鬼一個類型的東西。」選婆緊張地質問道，雙腳有意識地後退，漸漸遠離對面詭異的道士。

「你先別緊張，你靜下來，聽聽我的解釋好嗎？」瑰道士擺著雙手，努力叫選婆安靜下來。「如果我是鬼，我怎麼可能用法術捉住紅毛鬼？你想想，如果我是鬼，我何必捉自己的同類呢？」

「我怎麼知道！」選婆大聲喝道，腳步仍連連後退，隨時準備在恰當的時機奪門而出。

「好，好，你再想想，如果我是鬼，我不早傷害了你？我為什麼要一而再、再而三地來央求你幫忙？」瑰道士極力解釋，可是從選婆並未緩和的表情看來勸解的效果不明顯。

「你別靠過來！」驚恐萬分的選婆指著瑰道士喊道。

「好，好，我不靠過去了。但請你聽我解釋，好嗎？」瑰道士抱拳向選婆央求道。

「你就站在那裡，別靠過來我就聽你解釋。你再過來一點我就不聽你的解釋了。」選婆緊張地看著瑰道士的腳步，額頭上冒出了汗。他知道，面前這個自稱為「貴道士」的不知是人是鬼的東西有著極其複雜的背景，也有著很厲害的隱藏的實力。如果他決定要抓住自己，自己無論怎樣也逃不了。

「我站住了，我絕對不動腳步，行不？」瑰道士無奈接受選婆的要求，「我真的不是鬼。我沒有騙你。請你冷靜。」

「好，我現在冷靜了。你說你不是鬼，那好，你說，你是什麼？」頭腦有些發熱的選婆做了個深呼吸。

「我真的是道士，我是瑰道士。我……」

選婆擺擺手打斷他的話，咽了一口口水說：「別說這些沒有用的。你說你是貴道士，你怎麼解釋你剛才的動作？你怎麼證明你是道士而不是鬼？」

瑰道士也做了個深呼吸，語氣平緩地說：「你以為只有鬼這樣吃東西嗎？道士也是這樣吃東西的。你要知道……」

選婆再一次打斷他的話：「道士也這樣？我沒有見過，也沒有聽說過。至少我知道歪道士從來不這樣吃飯的。」

「歪道士？」瑰道士沒有跟歪道士會過面，不知道選婆提的「歪道士」是指誰。

「難怪我開始叫你吃飯的時候，你老推卻的。」選婆說。

瑰道士舉起雙手做投降狀：「請聽我好好解釋。我不知道你說的歪道士是誰，但是請允許我告訴你，道士確實有這樣的。像民間的一些道士，僅僅是用方術捉鬼，但是沒有修練自己的身體。還有一種道士，是從來不捉鬼的，他們只煉丹製藥，提升自身的修為。這種道士有一種修練術，叫辟穀。我剛才的動作就是辟穀。」

「辟穀？」選婆問道。他不知道該不該相信面前的人。

瑰道士耐心而詳細地解釋：「辟穀又稱斷穀、絕穀、休糧、卻粒等，特點是以服氣代替食五穀。這種修練方式也是道門長期流傳的一種功法，在漢代即有道士修練這個。這種方法要求道士以無病的狀態進入修練，先稍服緩瀉劑，去掉腹中積滯之物，然後減食，漸至絕穀，不知五味，每天僅做三遍靜臥服氣功，即可不饑不餓。所以我只要嗅一嗅飯香即可，根本用不上吃的。」

「辟穀有什麼用？」選婆問。

瑰道士知道，選婆問出這個問題證明他有從不相信轉變為相信的趨勢了。瑰道士忙趁熱打鐵道：「人體內有『三屍』，叫三蟲、三彭也可以，指的是嗜吃、嗜味、嗜色，上屍居腦宮，中屍居明堂，下屍居腹胃，都是毒害人體的邪魔。三屍依賴穀物之氣而生存，所以只要不食五穀，斷了穀氣，三屍便亡，人體內的邪魔也就斬滅了，自然可以益壽長生。我不吃飯，正是要杜絕三屍的干擾。」

兩人都靜止了一會兒，緊張的空氣正在慢慢融和。

見選婆不說話，瑰道士補充道：「你知道，夜叉鬼又叫女色鬼，擅長勾引男人的慾望。如果我抑制不了嗜色，就對付不了夜叉鬼。」

35

「你沒有騙我？」選婆多餘地問道。如果瑰道士騙了他，此時絕不會承認騙了他；如果瑰道士沒有騙他，此時也不會無聊地承認剛才的話是騙他玩。

「我還需要你的幫助來對付夜叉鬼呢，我騙你幹嘛？」瑰道士邊說邊走近選婆，選婆沒有再提出抗議。

「辟穀真的可以使人益壽長生？」選婆問道。

瑰道士點點頭。

「可以延長多少？」選婆對「辟穀」這個新名詞很感興趣，一副躍躍欲試的樣子。

「要看你的功力了，因人而異。」

「那你能延長多少？」選婆看著他紙折一樣的臉。

「我跟你講的18歲兒子20歲爹的故事，你還記得吧？」瑰道士說。

「當然記得。」

「那你說我怎麼知道這個故事的？你沒有想過嗎？那可是百多年前的事情啊。」瑰道士故作神秘地笑道。

「你的意思是……」選婆看著面前稻草人一樣的道士，驚訝得說不出後半句話來。

瑰道士恢復了先前得意揚揚的姿態：「是的，那時候我就活著。」

這次選婆完全驚呆了，嘴巴微微張開，嚼碎的和沒有嚼碎的飯粒都從口裡滑落出來，撒在胸前的衣服上、腳前的地面上。

這時，突然急匆匆闖進來一個婦女。她手舞足蹈激動不已，卻用最克制的嗓子小聲喊道：「選婆，道士，出事啦出事啦！」可能是剛才跑得太快，呼吸跟不上來，她停住說話，雙手叉腰使勁地吸氣。她的頭頂冒出蒸汽，前額的頭髮也汗得濕漉漉。

選婆立即從驚訝中擺脫出來，對莽撞進來的婦女說：「三嬸，你別著急。出了什麼事啦？看妳跑得蒸汽機似的。」瑰道士收起剛才的自得，用眼光探詢這個頭髮烏黑濃密、身材略胖的婦女。

他不認識這個「三嬸」，但是村裡很多人已經認識他了。大家聽了瑰道士的講述後，都害怕夜叉鬼來村裡害人。開始大家都把希望寄託在爺爺的身上，希望爺爺像原來一樣收服鬼魂，但是聽到選婆從畫眉村帶來的消息後，就重新把希望寄託在這個素不相識的道士身上。在大家的茶餘飯後，話題自然離不開這個瑰道士了，都在講瑰道士的奇怪，各自心裡也在想這個瑰道士能不能像馬師傅收服水鬼一樣收服夜叉鬼。但是，還有很大一部分人在暗自揣測這個突然出現的瑰道士的來路：他到底是有心要幫助這裡的人，還是另有所圖。不少人也開始抱怨爺爺了，如果爺爺爽快答應來捉鬼，就不會有這麼多的麻煩了。

有的人甚至當著眾人的面說爺爺的品行不好，什麼時候什麼地點做了什麼見不得光的事，說得像自己親眼看見一樣。爺爺曾經就告訴過我為什麼有時不是很情願幫人捉鬼。爺爺說這就像跟小孩子吃飯，你用筷子給他夾了肉他是不會記得的，如果你用筷子敲了他的腦袋，他會恨得你牙癢癢。

三嬸張開了嘴，幾次作勢要說出來，可就是發不出聲，連著又是大口大口地喘氣，像患了嚴重的哮喘。

「剛才跑得太急了吧？你坐下，歇口氣，好好說。」選婆端來一把椅子扶著三嬸坐下。

三嬸剛坐下就開口說道：「不得了啦，夜叉鬼已經來了！我看見它了。」說完她揮揮手，又喘了幾口氣，接著說，「不對不對。不只我一個人看到，還有好幾個人看到了。夜叉鬼到村裡啦！」

聽了三嬸的話，選婆和瑰道士面面相覷。「這麼快就來啦？」瑰道士驚道，顯然，他也感到不可思議，頓時有些慌神。選婆看見瑰道士的表情，比瑰道士更加驚慌了，同時他感到現在只有瑰道士可以跟他站在同一戰線上。

選婆低下頭問三嬸：「你確定看見了？你沒有看錯吧？」

三嬸說：「怎麼會看錯呢？不只是我看見了，與我一起洗衣服的幾個婦女都看見了。難道我們都看錯了不成？我們看見夜叉鬼在洗衣池旁邊經過的，我們幾個人都不敢吭一聲，等它走過了她們忙叫我來告訴你。你跟馬師傅捉過鬼，多少比我們知道的多些。」

瑰道士插言道：「你確定看到的是鬼？不是人？」

三嬸抱歉地笑笑說：「幸虧您也在這裡，不然我們真不知道怎麼辦。」然後她換一副神秘兮兮的表情說道：「當然確定！這個鬼還在洗衣池的進水口時，我就看見了。它的頭髮秀長，拖到了地上。身上什麼都沒有穿，僅靠長的頭髮遮住一點點。頭髮把臉也遮住了大半。要不是前天晚上聽了您講的事情，提前知道夜叉鬼要到村裡來，我就會把它當作別的地方跑來的女瘋子了。我偷偷告訴其他幾個一起洗衣的婦女，叫她們先不要聲張，看清楚是不是夜叉鬼再說。」

「那你們怎麼確定它就是夜叉鬼的呢？」選婆急問道。他的鼻尖上已經開始冒汗了。

「我們假裝繼續洗衣服。它在我們旁邊經過的時候，居然沒有一點腳步聲！如果是人，總會有一點聲音吧，可是我們都沒有聽到任何聲音！」三孀臉部變得扭曲，回憶起來仍心有餘悸，「並且，並且瑰道士不是說過嗎，它會阻止人生小孩。我們看見它一直走到夭夭家去了，夭夭前幾天才檢查出來懷孕了呀。它是不是去害夭夭了？你們，你們快去救救夭夭吧！」

瑰道士歪頭問道：「它長一頭長髮？一直拖到地上？」

三孀小雞啄米似的點頭。

「那就是了。」瑰道士晃了晃「雨衣」的袖子，裡面嘩啦啦響了一陣，是鏈條的聲音。他轉過頭對選婆說：「我需要你的幫助。」

吸了一下鼻子，選婆說：「我不懂捉鬼，不會法術。怎麼幫助你？」

瑰道士露出一個詭異的笑：「我需要你主動勾引女色鬼。」

36

「叫我勾引夜叉鬼？」選婆瞪大了眼睛，眼珠子差點從眼眶中爆出來，不敢相信地看著瑰道士。

瑰道士拍拍選婆的肩膀，笑著說：「其實也不用你主動去勾引它。」

選婆籲了一口氣，眼珠子縮了回來。

「只要你積極回應它的勾引就可以了。」瑰道士冷不丁說出一句。選婆的眼珠子又瞪大了。三孀看看瑰道士，又看看選婆，一臉茫然。

瑰道士一口無奈的口氣，低頭囁嚅道：「我知道這讓你為難，但是為了抓住它且不影響其他無辜的人，希望你能答應。」不等選婆的回答，瑰道士轉而問三孀道：「快，帶我們去夭夭家。不要讓夜叉鬼得手了，現在去應該還來得及。」

三孀忙從椅子上站起來，二話不說就領著瑰道士出來。選婆顧不上為自己爭辯，急急跟著他們出門。

他們剛走到洗衣池旁邊，幾個洗衣的婦女忙丟了衣槌，跑上來告訴三嬸：「不得了啦，剛剛夭夭她媽從這裡經過，說是要去請醫師到家裡來，夭夭要生了。」選婆和瑰道士聽得一愣。

三嬸擺手道：「你們可不是說瞎話嗎，夭夭懷孕不到六個月呢。別說六個月，就是四個月都不到啊，生什麼生？」

一個婦女說：「我騙你好玩啊？剛剛夭夭她媽從這裡經過，我們見她神色匆匆的，就詢問了。她們幾個在這裡洗衣的都聽到了。」她身後幾個人連連點頭。這個婦女又低聲說：「我看夜叉鬼已經到夭夭的肚子裡了。可能是要把孩子害了。」說完，她有意無意地望了瑰道士一眼，好像這句話是說給他聽的，要看他怎麼辦。其他幾個人自然而然也把眼睛放在戴斗笠披雨衣的瑰道士身上。

瑰道士朝選婆揮手，叫他把耳朵湊過來。選婆忙把耳朵湊到他的嘴巴邊上。瑰道士嘀嘀咕咕給選婆說了些什麼。選婆頻頻點頭，然後神色慌張地離開了。

「他幹嘛去？」三嬸問道。

「我叫他去拿點東西，馬上回來。」瑰道士回答。

「我能幫上什麼忙不？」三孀見選婆走了，主動請纓。

瑰道士沒有看三孀，卻把對面幾個洗衣的婦女掃視了一遍，最後才把眼光落在旁邊的三孀身上。這幾個婦女都不知道瑰道士這個眼神有什麼用意。

「你真想幫忙，倒是可以幫上忙的。」瑰道士收回眼神，略一思考，說道。

「要怎麼幫忙，說呀。」三孀有些急不可耐。

瑰道士又湊到三孀的耳邊小聲說了一些話。三孀聽完，回身朝幾個洗衣的婦女說：「走走，我帶你們去辦點事。」幾個婦女連忙跟著三孀走了。

洗衣池邊上放著一排浸濕的各色衣服，衣槌胡亂扔在一旁，沒有一個人在旁。如果不知情的人經過這裡，看到這些景象，肯定要尋思：這是怎麼回事?洗衣的衣槌和衣服都在這裡，人怎麼都不見了？

拉了拉帽檐，瑰道士隻身急匆匆地趕向夭夭家。他雖然不知道夭夭家在哪裡，可是他的鼻子已經嗅到了似曾相識的氣味，無論是什麼鬼，也逃不過他的鼻子。他長著一個並不好看的塌鼻子，但是嗅覺異常靈敏，這也是他引以自豪的一個方面。這樣一想，他又忍不住自得地笑了笑。

如果有人看見洗衣池旁邊沒有人的情況會驚訝的話，那也不會比看見洗衣池旁邊一個稻草人在行走並且還在自得的笑更驚訝。

這裡的房子都是依山而建，凌亂得如同倒在牌桌上的麻將。瑰道士就在這些凌亂的建築中間穿來梭去，尋找氣味的來源。那個似曾相識的氣味如一根看不見的繩，拉著瑰道士的鼻子，漸漸縮短，引領瑰道士迅速靠近繩的端頭。

越靠近氣味的源頭，氣味就越濃，瑰道士的腳步就越快。當然，這個氣味是其他人聞不到的。不過不知道爺爺能不能聞到這個氣味。記得以前跟爺爺一起捉水鬼的時候，天空下著雨，爺爺接了幾滴雨水聞了聞，說雨水有騷味。而我是什麼也聞不到。

穿過四五個巷道，轉過六七個彎，跳過八九個排水溝，瑰道士終於在一間房子前突然停住腳步。

這是眾多普通房子中的一座。青瓦泥牆，對稱結構，大門兩邊貼著對聯，大門上倒貼著一個福字。門前的地坪裡有三兩隻老母雞在泥土中刨坑，忽見一個稻草人出現，嚇得四散而逃。如果是其他人，這裡的母雞見了是不會跑的，所以晚上捉雞回籠很容易。記得我小時候幫媽媽捉雞，只需雙手捧住它，它是不會掙扎反抗的，像睡著了的小孩子一樣聽話。

瑰道士走到緊閉的大門前，靜靜地聽了一會兒，隱約聽見一個女人「哎喲哎喲」的叫喚，應該是快生孩子的夭夭。瑰道士使勁地吸了吸鼻子，眉頭擰得緊，搖了搖頭。

「夭夭，夭夭在嗎？」瑰道士喊道。

「誰呀？」夭夭在裡面回答道，接著又「哎喲哎喲」的痛苦叫喚。

「是我，瑰道士。」瑰道士回答道。

「哦，門沒有鎖，推一推就開了。我媽還沒有回來嗎？哎喲，太疼了！」夭夭嘶嘶地吸氣說道，「是我媽叫您過來的吧？我也懷疑中邪了，哪有這麼早生的？肚子疼得不行了。您幫我看看房子裡是不是有不乾淨的東西。」

瑰道士伸手推一推，門「吱呀」一聲開了。屋裡一股潮濕的空氣撲面而來，瑰道士皺眉在鼻子前揮了揮手。

堂屋裡還算乾淨，就是濕氣很重。堂屋左邊十來麻袋的稻穀碼在兩條瘦弱的長凳上，這是為了隔潮。右邊靠牆放著打穀機，脫粒的滾筒拆了下來放在旁邊。很多農家的擺設都這樣。

夭夭挺著肚子叉著腰從裡屋走出來，朝瑰道士打招呼。由於疼痛，前面的頭髮黏在汗津津的額頭。俊秀的臉讓瑰道士一驚。

37

面前的臉太熟悉了，是瑰道士最難忘記的臉龐。許多往事一齊湧上心頭，酸甜苦辣都倒在胃裡，不是滋味。

「怎麼了，瑰道士？有什麼不對勁的地方嗎？你看出來了？」俊秀的夭夭扶著牆問道。臉上不時抽搐一下，可見疼痛有多麼強烈。她看著瑰道士複雜的眼神，以為他在自己身上看到了促使她疼痛不已的根源。

「哦，不是。妳跟……」瑰道士抿了抿嘴，「太像了。」

「跟誰？」夭夭問道。

「跟……」瑰道士抬起手來捏了捏塌鼻子，說，「跟我過去的一個朋友，很像，真的，很像，簡直是一個模子倒出來的。」

這裡的人形容別的東西很相像時，喜歡說這兩個東西是一個模子倒出來的。那時，經常有賣瓢的小販來，但是不帶一個鐵瓢鋁瓢，木瓢都不帶一個，誰要買的話，小販就地坐下，從背上的布袋裡拿出一個小爐子、一包粉末、一個裝有型砂的木盒子。引燃爐子，將粉末倒進，一會兒粉末就燒成流動的紅色液體，液體表面漂浮一層類似灰塵的幔子。將液體澆入型砂，用盒子蓋上冷卻，再將盒子打開來，一個鋁瓢就做好了，勺水、淘米、盛糠都有了結實的工具。

所有賣出的鋁瓢都是這樣做出來的，都是一模一樣，不差毫分，如果不在上面繫一根紅繩，或者刻上名字的話，哪個瓢是誰家的還真分辨不出來。所以人們習慣把這些非常相似的東西都稱為「一個模子裡倒出來的」。即使是兩個人長得相像也這樣形容，彷彿兩個人也是從小販那個魔法一般的木盒子裡澆出來的。

瑰道士瞥了一眼堂屋裡的各個牆角，牆角裡堆放著許多農具。

這時，選婆跑回來了，提了一簸箕的石灰。

「這是幹什麼？」天天指著石灰問道。

選婆擦了擦臉上的汗水，回答道：「待會兒要用到的。」

在這幾個毗鄰的村子裡，消息比風傳得還快。一點小事發生，就像在平靜的水面扔了一個石子，層層波浪推出去，一下子波及周圍，蕩漾開來。選婆他們還沒有動手對付招惹天天的鬼，爺爺這邊就已經得到消息了。不過這也難怪，爺爺本來就是這一塊地方最會捉鬼的人，發生了類似的事情人們肯定第一個想到要告訴的自然就是爺爺了。

當鄰居跑來告訴爺爺的時候，爺爺正在家門前的石墩上磨刀。說是磨刀，其實就是在石頭上將鐮刀菜刀來來回回地拖兩下，真正要磨刀還得等到磨剪刀的小販來。

爺爺磨完刀，用手指在刀刃上捏一捏，看是不是薄了一點。鄰居說完，爺爺慌忙把手指放到口裡吮吸，手被刀刃傷到了。爺爺抬眼望了望家門前的棗樹，趕走了一隻在枝頭聒噪的麻雀。爺爺把手指拿出來看看，一顆晶瑩剔透的紅珠子正在傷口上膨脹。

「這麼快就出來了？」爺爺皺了皺眉頭，「我以為還要晚一點呢。」

收了刀，爺爺進屋坐下，抬頭看了看堂屋的房樑。一口漆黑發亮的棺材擱在兩根粗壯的房樑之上。

那不是姥姥的棺材，而是爸爸給爺爺新做的。姥姥的棺材仍放在她的房間裡，天天用乾枯的手指在上面敲幾下聽聽清脆的聲音已經成為她的生活習慣，像吃飯睡覺一樣重要。而爺爺費了許多的力氣才將棺材吊到房樑上懸起來。

我當時還在學校學習，當媽媽打電話噓寒問暖的時候順便提到說爺爺拜託爸爸要我們村的三爺幫做一具棺材。三爺是我爸爸的爸爸的兄弟，年輕的時候做木匠，老了其他木工懶得做了，專門做棺材。

我聽了後很反感，心想姥姥拼死拼活要棺材，是因為她確實老了，以防萬一。像姥姥這個年紀的老人，一般家裡都準備好棺材了。而爺爺才六十多一點，現在健步如飛，能吃能喝，怎麼也要提前準備棺材呢？並且，我實在對爺爺的感情很深，很害怕他離開我們，很不願意將他和死亡的資訊聯繫在一起。於是媽媽告訴了我瑰道士來村裡和夜叉鬼的事情。媽媽沒有告訴我關於姥爹手稿的事情，再說爺爺也不會讓媽媽看姥爹的手稿，所以媽媽不知道姥爹推算到多年後的爺爺要栽在夜叉鬼的手裡，隨時有生命之虞。所以當時的我很不理解。

當天晚上，我上完自習回寢室睡覺，在半醒半寐之間，月季又來到跟前。她用比夏夜的土蟈蟈還細的聲音告訴我，上次她告訴我的那個氣味的東西此時應該到達目的地了。

我問道，那是夜叉鬼的氣味嗎？

她點點頭，她的長髮打在我的臉上，如同跟爺爺放牛時路邊的野草樹葉打在臉上一樣的感覺，說不清楚是舒服還是癢，但是都發出一種清新的植物氣息。

月季又告訴我，令她意外的是，她這次還聞到了其他的氣味，裡面的殺氣比先前的氣味還嚴重，令她不寒而慄。

我笑道，你的嗅覺真是厲害，我媽媽打電話告訴說，村裡突然來了個很醜的道士。聽說這個道士的方術相當了得，輕鬆控制了紅毛鬼。

是嗎？月季懷疑地看著我，眼睛裡發出微微的藍光。那個藍光是寧靜的，沉思的，純潔的，同時也是美豔的。

月季消失了，像炊煙被清風吹散一般。然後這陣被風吹成絲絲縷縷的輕煙鑽入床底，蓋住月季的報紙發出輕微的沙沙聲，彷彿誰的筆在上面寫字一樣。

我對著月季消失的地方凝神看了許久，思考著爺爺為什麼向三爺這麼早定下棺材。如果那時我已經知道姥爹手稿的事情，定然會想：在算到爺爺會被女色鬼奪去性命後，姥爹該如何隔著這麼多年的時光救下爺爺的命呢？姥爹應該想到，在爺爺遭遇危險的時候他自己已經是棺材裡的一具枯骨了，他該怎樣隔著時空幫助爺爺呢？

38

從兩天不吃不喝的狀態中恢復過來後的幾天裡，姥爹經常在算盤前一坐就是一個上午、一個下午甚至一個晚上，任憑妻子怎樣勸說，他就如一個石頭人一般不言不語不哭不笑。

有時到了吃飯的時間，爺爺敲著碗筷喊姥爹吃飯，他都聽不見，一定要爺爺用筷子捅一捅他的胳肢窩，他才能突然醒悟過來。因為爺爺知道他很怕癢，稍稍撓撓他的胳肢窩或者腳底板，他便會哈哈大笑。姥爹被爺爺的筷子捅得大笑一陣之後，冷靜下來呆呆看著爺爺，眼眶裡流出兩行淚水。

爺爺自然不瞭解姥爹在想些什麼，對他的眼淚表示奇怪。

不僅僅是吃飯這樣，姥爹蹲在茅廁裡也會半天沒有動靜。姥姥見他上了幾個小時的茅廁還沒有出來，便叫住正在玩耍的爺爺，說：「快去茅廁看看你父親，去了快一個時辰了。哪有上這麼久的！」

爺爺就在茅廁的木柵欄門上用力地敲。姥爹這才從沉思默想中醒過神來，伸手往土牆的空隙裡掏紙團。這一掏，他又愣住了，一個絕妙的想法從腦袋裡一閃而過，他沒有放過這個一瞬間閃過的靈感，於是，一連串的想法冒了出來。

「好！就這樣！」姥爹欣喜不已，不禁開口喊道。

站在茅廁外面的爺爺被突然炸雷一般的喊聲嚇一跳，不知道姥爹上茅廁也能這樣激動。姥爹兩眼放光，迅速要站起來，這才感覺由於長時間的蹲著腿已經麻木了。

他出了茅廁後，快速朝帳房跑去，彷彿現在才是尿急要跑向另一個茅廁。姥姥和爺爺都被他這一連串的動作唬住了，以為他餓了兩天把神經弄壞了。

姥爹跑進帳房，又將算盤「劈劈啪啪」地撥起來，毛筆在紙上寫起來。在姥爹的手稿中，他告訴我們，他當時的激動是因為終於在抽廁紙的瞬間想到了一個極好的方法。如果當時他直接告訴爺爺：我已經算到，多少年以後的什麼日子裡你會碰到一種夜叉鬼，你千萬不要跟她交手，她會要了你的命。你要怎麼怎麼做才能避開這個厄運，確保自身平安。那麼，反噬作用將會不敢想像的嚴重，反噬作用不但威脅到姥爹自身，還會波及爺爺，其惡劣甚至超過多年後的夜叉鬼。

這也是算八字的人不能把所有東西都告訴別人的原因之一，有些東西只可以隱諱地點到即止。如果說穿了，對說的人和聽的人都不好。

畫眉村曾經出過一個極其出名的算命先生，他年紀才三十左右就得到了奇人的真傳，心氣傲極。逢人要算八字，他都說得清清楚楚，哪天會摔一跤跌破腦袋，哪天會在哪裡丟掉錢財，他都能一五一十地告訴前來算八字的人。於是，知道未來的人在那天便會不出門，防止摔傷；或者在那天將錢袋吊在脖子上，防止丟失。一時間，得知消息的人蜂擁而至，在他家門前排隊等算自己的福禍。他也因此抬高算八字的價錢，賺得腰包鼓鼓。

這個算命先生有個漂亮的妻子，貪圖享受，見錢眼開。她見丈夫賺進了許多的銀子，高興得合不攏嘴。

那時香煙山已經有了和尚，和尚專門到他家來了一次，好話說了一籮筐，叫他適可而止。可是眾人的謟笑、妻子的誇獎，還有白花花的銀子令他不能自持，利令智昏。他不但不領和尚的情，反而把和尚臭罵了一頓。

後來惡事果然來了。一個殺人無數的朝廷欽犯經過這裡，把身上的幾兩搶奪來的黃金給了算命先生，叫他明示以後的逃脫之法。算命先生見了金燦燦的黃金，樂呵呵地將以後這個欽犯在哪裡會碰到什麼人，逃到哪裡才會脫身說了個清清楚楚通通透透。

本來砍一百個腦袋都不能償還血債的欽犯，就這樣逃過了朝廷密密層層的搜索緝捕，逍遙法外。不但如此，那個欽犯在逃竄的路途上還殺害了更多無辜的人。

這個算命先生在一段時間裡，仍喜形於色地給每一個來人算八字，一直到七月十七的那天。

七月十七的那天晚上，他和妻子閒步在一個長滿荷花的水塘旁邊。這個時候很多家已經完成了給亡人燒紙的事情，鬼門關就要關了。

他和妻子走著走著，突然前面來了一群人，個個手裡捧著一個圓圓的荷葉，號啕大哭，眼淚嘩啦啦地滴到荷葉裡，會聚成一團。每個經過他們身邊的人都這樣，荷葉裡裝了許多透明的眼淚。

他和妻子迷惑不解地看著這些人經過，而那些人彷彿沒有看見水塘邊上的這對夫婦，目不斜視地專心哭泣掉眼淚，拖拖遝遝地邁著步子。

這些人走了將近十分鐘才沒有了，總共有百來多人。他和妻子看著這些人走後，忽然感覺身上冰涼，雞皮疙瘩起了一身。妻子說了聲冷，他便攜著妻子匆匆回家，回家後他覺得腦袋灌了鉛似的沉重，便早早入睡了。

七月十八，也就是第二天清晨，天剛濛濛亮，算命先生的妻子從睡夢中醒來，翻了個身，發現背後空空。丈夫從來沒有這麼早起床的習慣啊，她納悶道。

她躺在床上喊了一聲丈夫的名字，沒有人回應。窗外的槐樹上有一隻烏鴉倒是跟著嗚叫起來，然後拍著翅膀「撲哧撲哧」飛走了，一如飛走的黑色靈魂。

39

算命先生的漂亮妻子懶洋洋地穿上衣服，到每個房間尋找了個遍，仍然沒有發現她的丈夫。令她意外的是，像丈夫和別人約好了似的，今天居然沒有一個人來找他算八字。要是在往日，現在屋外已經有三三兩兩的人排隊在門口等待了。

她拿下門閂，將大門打開來，外面冷冷清清，沒有人影。只有兩三隻麻雀在地坪裡跳來跳去。一陣莫名的恐慌從心底升起。

回屋裡坐了半刻，她終於耐不住性子了，起身去問鄰家。

這時太陽已經出來了，陽光晃眼。鄰家的地坪裡有人正在竹竿上晾衣服。她便詢問那人有沒有看到她丈夫。

鄰人的回答使她大為意外，那人居然反問她的丈夫是誰。

她以為鄰人跟她開玩笑呢，又認真地問了一遍。可是鄰人極認真地回答說真不知道有這個人。

她給了鄰人一個白眼，走到另一家。農村的婦女這個時候一般都在自家的地坪裡晾衣服了。她問另一個在晾衣服的婦女，那人依然回問她說的那個人是誰。一陣寒氣從地下直傳遍她全身。

她有些慌神了，急忙走到下一家，又問她的丈夫，回答仍然是不知道有這個人。她瘋了似的見人便問她丈夫在哪裡，可是所有人都說不認識這個人。

她跟人理論道，她丈夫的父母早逝，小時候在村裡東一家西一家蹭飯吃，這裡的人都是看著他長大的，不可能不認識他呀。再說，我們就住在那裡呀。她指著自己的家說，這個房子在這裡已經幾十年了，你們總知道吧。

可是村裡人告訴她，那個房子倒是知道的，原來住在這房子裡的主人也知道，可是房子的主人臨死前並沒有生下一兒半女。那間房子也從未見人住，已經荒置好久了。

她拉住以前熟識的人往家裡走，邊走邊說，不可能沒有人住啊，我和丈夫在這裡住了這麼多時日，怎麼可能荒置呢。

別人禁不住她的央求，跟著她到那個房子去看看。

一推開門，她呆住了，巨大的驚恐佔據了她的整張好看的臉。

映入眼簾的是蛛絲纏繞、黴氣薰鼻、灰塵厚積的景象。他們結婚時的衣櫃梳妝鏡棉絲被都無影無蹤。彷彿她從未和她丈夫結過婚，從未在這個熟悉的地方生活過。

以前熟識的人用異樣的眼光打量面前的女人，搖搖頭走了，留下她一個人呆呆地站在屋門口。她和她丈夫在這裡生活的這麼多年，彷彿水蒸氣一樣虛幻地飄蕩開去。而她丈夫這個人顯然未曾到這個世界上來過。

這個女人不久便瘋瘋癲癲了，見人便問她的丈夫哪裡去了，跟在別人的屁股後面不厭其煩地問上一萬遍。

事隔30年後，姥爹出生了。姥爹也不明白這個女人的來由，村裡的老人告訴他這是一個瘋女人，30年前突然來這個村裡詢問一個誰也沒有見過的人。

從30歲到80歲，這個女人一直在畫眉村糾纏每一個人，仍舊是那個老得不能再老的問題。姥爹長到20歲的時候，粗略學到了一些方術，突然明白了這個女人的來歷。但是他沒有將這件事情說給其他人聽，除了爺爺。

爺爺還小的時候，姥爹將這件事情當作故事講給爺爺聽了。可是爺爺出生的時候那個女人已經死了，所以爺爺沒有見過那個女人。而多少年後，姥爹也不在人世了，爺爺又將這個故事講給小時候的我聽。

爺爺說，這就是非常嚴厲的一種反噬。一般的反噬是噁心頭暈，渾身難受；稍嚴重一點的是生病發燒，四肢無力；再嚴重一些的是加速衰老，壽命變短。可是瘋女人的丈夫，不但折掉了以後的壽命，而且將已經度過的生命都剝奪了。

難怪姥爹決定幫爺爺渡過難關時如此忐忑不安。雖然算命先生幫的是殺人犯，姥爹幫的是自己的兒子，可是同為天機，洩露了都會受到強大的反噬作用。

於是，姥爹在冥思苦想始終得不到方法之時，突然在上茅廁時閃現一個變通之道。他決定在自己活著的時候不要告訴爺爺。他將解決的辦法寫在紙上，然後塞進茅廁的空隙裡，等到多少年後這個遺留的手稿就會在爺爺某次如廁的時候被發現。不過這只是一個完滿的想法。可是仔細一想，還是不行。萬一還沒有到那個時候就被用掉，那豈不是可惜了？因為在一個人去世後，他活著時用過的東西都要在埋葬那天一起燒掉，所以姥爹想了好多其他方法都不行，唯獨廁紙是例外。

於是姥爹開始了巨大的推算計畫，他要計算茅廁裡哪個空隙裡的廁紙在什麼時候會被拿到，哪個空隙則不被碰動。這樣的推算是難以想像的麻煩和煩瑣。他要確定，放著寫有夜叉鬼相關的手稿能從千萬次的伸手中逃脫出來，而又剛好在最恰當的時候被爺爺發現，多幾天不行，晚幾天更不可。

自從爺爺和姥姥驚訝地看著姥爹從茅廁裡興奮地衝出來後，帳房裡的算珠日夜不停地「啪啪」響動，燈盞更是徹夜不滅。每天夜裡，爺爺經過姥爹的帳房去睡覺時，透過窗紙看見黃豆般大小的燈光，總要浮想聯翩。誰也不知道他在裡面算什麼。每到吃飯的時候，姥姥會吩咐爺爺端一碗飯菜進去，而姥爹不讓爺爺進屋，叫他把飯放在門口就可，到了餓的時候自然會去吃。

就這樣過了半個月，一個陌生的人打開了帳房的門，站在門口曬了很久的太陽。爺爺和姥姥驚訝地看著帳房門口的人，那個人蓬頭垢面，鬍子拉碴，皮膚蒼白如紙，嘴唇紅到發黑。

40

迎著炫目的陽光，那個陌生人伸了一個懶腰，用手捂住張開打呵欠的嘴巴。這一連串的動作立刻被認出來，原來這個人就是姥爹。

半個月來蝸居在帳房的姥爹乍一看完全變了模樣。他用疲憊而欣慰的眼光看著當時還年輕的爺爺。眼光像陽光一樣打在爺爺身上，稍顯炫目而非常溫暖，很容易讓人沉醉其中。姥爹嘴角彎出兩道笑意的弧線，就這樣毫無預兆地身體軟下來，如稀泥一樣癱在門口長滿青苔的臺階上。

爺爺和姥姥回過神來，馬上上前去扶起他。在扶起姥爹走到另一間房子裡休息的時候，爺爺回過頭看了看每個晚上姥爹坐著的位置，一個散了架的算盤，算珠如散裝的黃豆一樣滾滿了桌面；一遝整整齊齊的毛邊紙，如早市上小販賣的豆皮。

當時爺爺就這樣轉頭看了看豆皮一樣的毛邊紙，但是當時的他絕對想不到紙上的筆墨已經勾畫了他一部分的人生，更想不到在他父親去世之後的多少年後還能在茅廁重遇這些樸素的毛邊紙。

瑰道士定然想不到選婆口中唸叨的「馬師傅」會在臭氣沖天的茅廁裡發現一個天大的

秘密，從而將他所有的計畫打亂。

瑰道士在天天家查看了許久，吩咐選婆道：「在那幾個角落撒上石灰，撒成四分之一的圓弧形。」選婆按照瑰道士指出的幾個角落撒上石灰。這幾處角落的青磚側面上長出了毛茸茸的白硝，如果用火柴往上面一點，整面牆就會燒起來。我小的時候，一個堂哥就經常領著我到別人家的牆上用碎瓷片刮這些東西，然後聚在一起燒，棉絮一般的白硝像鞭炮的藥引一樣迅速燃燒迅速消失，一瞬間如平整的白花花的雪被無數腳步踏過變得髒兮兮黑漆漆。

選婆撒完簸箕中的石灰，在洗衣池旁邊碰到的幾個婦女來了。選婆看著一個個顫顫巍巍走過來的婦女，傻了眼。剛才還苗條修長的身體現在已經臃腫不堪，個個腆著肚子，肚子大得如同被吹起的氣球。尤其是那個三孀，肚子大得令她失去重心，只好頭向後仰著肚皮朝前挺著，藉以勉強保持平衡。

「這，這，這是怎麼回事？」選婆丟下手中的簸箕，指著幾個婦女的大肚子問道，「才多久不見，你們，你們怎麼都懷孕啦？還挺著這麼大的肚子？像十月懷胎一樣！」

三孀邁起模特步繞選婆走了一圈，仰著頭笑道：「老娘的兒子都一電杆高了，沒想到老娘我還能懷上一次孕，哈哈！」她身後的幾個婦女跟著笑得前俯後仰。這一來就有人露餡了，一個枕頭從一個婦女的衣底下滑出來，落在地上沾了一面的泥灰。那個婦女連忙將枕頭撿起來，抱怨道：「哎呀，昨天才曬乾的枕頭又弄髒了！」

選婆見狀哈哈大笑，轉而更加迷惑：「你們裝成孕婦幹什麼啊？」夭夭更是笑得不可開交，撫著三孀的「大肚子」打趣道：「您的孩子幾個月啦？是不是要來跟我肚子裡的孩子定個娃娃親？」

瑰道士對三孀她們正色道：「開始！」

一聲令下，在場的婦女立即「哎喲哎喲」叫喚起來，雙手撫肚，表情豐富，倒不像是哀嚎，反而像擺著幾個咧嘴的彌勒佛。

三孀喝道：「不是的不是的，要這樣，哎喲……哎……我的媽呀……喲……」三孀一面說一面向其他人示範做出逼真的樣子。她指手畫腳道：「要叫得像，不然騙不了它的。」

「騙它？騙誰？」選婆摸著後腦勺問道。

沒有人答理他，幾個「大肚子」的婦女學著三孀的樣子「哎喲哎喲」叫喚起來，聲音此起彼伏，一時間夭夭的家如同醫院的產房。

一陣腥風刮過，地上的石灰被拂去了薄薄的一層，所有的人都聞到了一股臭血味道。但是沒有人注意到選婆撒下的弧形的石灰線有一處被切開了一個小小的口子，切開的地方正是腥風吹來的方向。當然，這個微小的變化不能躲開瑰道士的眼睛。

「別走！」瑰道士對著堂屋裡的空氣喝道。

「叫誰別走？」選婆不解地問道。選婆心裡嘀咕：現場的所有人都沒有挪動半步，瑰道士發什麼神經呢？

「你看。」瑰道士指著地下對選婆說。選婆低頭朝下看了看，仍是不解地回望瑰道士。

瑰道士說：「你再看。」

選婆又低頭朝地下看了片刻，仍是搖頭不懂。倒是三嬸大喊道：「我看到了！」

「你看到了？你看到了什麼？」選婆眯眼問大驚小怪的三嬸道。說完他湊到三嬸身邊，朝相同方向看去。

「腳印呀。」三嬸指著她前方三四步遠的地方對選婆說道，「薄薄的淡淡的，看到沒有？」

這次，選婆擦了擦眼睛才用心去看三嬸面對的方向。果然，他看見地下有淡淡的腳印！腳印由他撒下的石灰粉印成，薄得不能再薄，淡得不能再淡。一個，兩個，三個，四個……越來越多的腳印，腳印繞開堂屋裡的人漸漸向大門走去。

「鬼，鬼，鬼呀！」其他幾個婦女嚇得瑟瑟發抖，相互攙扶擁抱著，肩膀微微顫動。

如果不是瑰道士站在這裡，她們恐怕跑得比兔子還快。

「還想逃到哪裡去？她們看不見妳，可是我能看到妳！」瑰道士早已經閃到門口，堵住了唯一的出口，像一團從天而降的烏雲。屋裡的光線本來就不怎樣，這團「烏雲」堵在門口使得屋裡更加昏暗。選婆再睜大眼睛也看不見那淡淡的石灰腳印了。

「她不是女色鬼。」瑰道士彎起左邊的嘴角，得意道。

「不是女色鬼？」選婆眼睛瞪得比銅鈴還大，「那是什麼鬼？」

41

瑰道士沒有回答選婆的問題，而是迅速追上淡薄的石灰腳印。像小孩子在翠青的田野裡捉青蛙，或者在傍晚的牆角捉蟈蟈一樣，瑰道士張開雙手向「走向」門口意欲逃離的石灰腳印撲去，兩個手掌緊緊捂住最後出現的石灰腳印，彷彿手掌下面捂著一隻掙扎的青蛙或者蟈蟈。

「這是血糊鬼。」瑰道士按住手掌，這才回答選婆道，「這種鬼是由難產而死的孕婦冤魂形成，專門害其他活著的孕婦肚子裡的孩子。這點跟女色鬼有些相像，所以三嬸誤認為它是我提到過的女色鬼。」

選婆籲了一口氣，道：「幸虧不是女色鬼，不然我跟瑰道士幾個人根本對付不了的。」

瑰道士點頭道：「是呀。不過我早算到了這個鬼不是女色鬼，我聞到氣味的時候就發現了不同，不過，在聞到氣味之前，我已經掐時算過，女色鬼不會在今天出現。所以當三嬸說見到女色鬼的時候，我已經有了幾分懷疑。」

選婆側目道：「馬師傅也會掐時，您也會掐時，我早就對掐時有很大的好奇心了。不知道貴道士您可不可以、方便不方便給我們幾個說說這個掐時是怎樣的掐法呀？」

這時，三嬸也說：「是啊，是啊，我經常看見會掐時的人口裡唸叨著什麼，大拇指在各個手指關節移動，就是不明白他們怎麼掐時的。我也想知道其中的訣竅呢。再說了，如果我們都學會了，後面對付女色鬼也許能用到呢。你們說是不是啊？」三嬸轉頭對其他幾個婦女說道，意思是要她們也幫忙說說好話。其他幾個婦女都點頭稱是，央求瑰道士指點一二。

夭夭卻問道：「道長啊，我不關心掐時，想掐的時候敬兩根香菸，請馬師傅或者別人算就可以了。我想問的是，您為什麼捉血糊鬼要選婆帶石灰，要三嬸她們假裝孕婦啊？」

瑰道士仍舊死死摁住手掌，臉上得意地笑道：「這就是我的高明之處了。我叫三嬸她們假裝孕婦，是要混淆血糊鬼的視聽，讓它以為自己上錯了身，讓它慌亂之中出錯，露出馬腳。而它陰風一動，我就能從石灰的移動中看到它的運行軌跡，從而找到它的所在。因此，我就能輕而易舉地抓住它了。哈哈。」

「原來這樣啊。」夭夭點頭道。

「有沒有罐頭瓶蓋？」瑰道士抬頭詢問夭夭道。

「怎麼了？要罐頭瓶蓋幹什麼？」夭夭不解地問道，她自己都不知道她的手不知不覺中放鬆了，疼痛減輕了許多，臉色也比剛才出門時好了一些。

選婆裝大道：「你拿來就是，貴道士自有安排。」

夭夭走進自己的房間，不一會兒拿出一個鏽巴巴的罐頭瓶蓋交給選婆。

「準備蓋住啊！」瑰道士吩咐選婆道。

「蓋住什麼？」選婆手握罐頭瓶蓋，不明就裡地問道。

「我的手一移開，你就馬上蓋住這個地方。」瑰道士的意思是他手掌覆蓋的地方，「不管你看到的是什麼，不要害怕，蓋緊就是，速度要快，不然它就跑了。」瑰道士抬起頭來看看選婆，眼光裡滿是信任的神情。

選婆半跪在地，神色緊張地點點頭，一手舉罐頭瓶蓋，隨時準備壓下去。

「好了？」瑰道士側頭詢問選婆，選婆又點了點頭。

瑰道士閃電般縮回雙手，手掌下一團煙霧騰空而起，迅速膨脹！

選婆眼疾手快，飛速將手中瓶蓋壓了下去，可是仍然晚了。開始為豆大的煙霧瞬間變成水桶大小！罐頭瓶蓋只壓住了煙霧的一角，煙霧的其他部分幻化成為一個女人模樣，向選婆張牙舞爪，面目可惡，獠牙尖齒。

「不要怕它，它傷害不了你！」瑰道士喊道，生怕選婆一下子驚嚇得鬆開雙手，前功盡棄。這個女人模樣的黑色煙霧張開獠牙尖齒的大嘴朝選婆咬來。由於選婆跟它的距離太近，躲閃不及。可是當大嘴碰觸到選婆的時候，煙霧散淡開去，果真如瑰道士所說傷不了選婆毫分。選婆虛驚一場，臉色紙白。

「它只能傷害孕婦和未出生的小孩子，其他人它是傷害不了半分的，你就放心吧。」瑰道士補充道。

選婆面對著惡魔一般的煙霧，仍然止不住面部抽搐，汗如雨下。

「你別慌。」瑰道士安慰道。他拍了拍身上的塵土，悠閒地問道：「夭夭，你家廚房在哪兒？」

夭夭朝堂屋左側的一道小門指了指。瑰道士不向選婆打招呼便直接去往夭夭家廚房的小門，將緊張兮兮的選婆擱在一邊。

「貴道士，您可不能擱下我不管啊！這血糊鬼還沒有完全收服呢。」煙霧似乎能聽懂選婆的話，向選婆撲騰得更厲害了，女人的模樣也更加猙獰。旁邊幾個婦女也嚇得連連後退。只是煙霧發不出任何嚎叫的聲音，才沒有顯得那樣可怕。

選婆的抱怨話還沒有說完，只見瑰道士手捏一根稻草返回到堂屋，神情愜意。他將稻草的稻穗掐斷，又將稻草外層剝去一層枯皮，露出一截青色的稻稈來，像一支喝椰子汁的吸管。

「我就知道你蓋不住這血糊鬼。」瑰道士嘴角一彎，得意地笑道。

選婆咬牙切齒道：「你知道我蓋不住，為什麼還要我蓋啊！你這不是故意要整我嗎？」

「這裡除了我，就你的膽子稍大一點。如果換了別人蓋這個血糊鬼，恐怕早就嚇得丟了罐頭瓶蓋跑了，我豈不是白費了這麼多的心血？」選婆聽不出瑰道士這話是表揚他還是打趣他，只恨得牙癢癢。

瑰道士見選婆仍不解氣，手抖著青色稻稈道：「別生我的氣，我馬上把它收服，還不好嗎？」

選婆盯著瑰道士手裡的稻稈問道：「怎麼收服？」

瑰道士用兩根手指夾住細長的稻稈，做出抽菸的動作。

42

雖然知道煙霧只能張牙舞爪卻不能傷害到人，但是選婆仍左右晃動逃避血糊鬼無用的攻擊，他甚至不敢直面血糊鬼的挑釁。因此，他對瑰道士這個時候的幽默毫無好感，甚至是厭惡。

「我都快急死了，你卻還有心逗我玩！」選婆偏著頭躲開血糊鬼的又一次攻擊，皺眉責怪瑰道士。

「我這不是逗你玩。」瑰道士知道選婆就要生氣了，忙專心捉鬼。他嘴叼著這根細長的稻稈，從血糊鬼的背後將稻稈插入煙霧。

周圍幾個婦女仍然不知道瑰道士的葫蘆裡賣的什麼藥，只是用了眼睛全神貫注地看。

血糊鬼似乎感覺到了背後被刺入的疼痛，轉身來齜牙咧嘴地恐嚇瑰道士，可是瑰道士不像選婆那樣驚恐。他甚至面帶微笑地面對血糊鬼，嘴巴撅起，輕輕一吸氣，面目猙獰的煙霧旋即被他從稻稈吸進嘴裡，彷彿癮君子吸菸，不過人家是愜意地吐出煙圈，他則是吸進。碩大一團煙霧被施了魔法似的被瑰道士吸進小小的嘴裡。瑰道士的嘴巴鼓起來，像一隻憋足了氣的青蛙。他指了指罐頭瓶蓋，選婆忙將瓶蓋遞給他。

瑰道士仍舊將罐頭瓶蓋放在地下，他俯下身子，將稻稈從瓶蓋的一邊插入，然後選婆他們聽見瑰道士向外吹氣的聲音。他將嘴裡的煙霧吹進瓶蓋裡，小心翼翼的，如同小孩子用瓶蓋捉住了一隻逃跑的蟈蟈。周圍的人屏住呼吸，看著瑰道士做完這一連串的動作，大氣不敢出一聲。這時堂屋裡靜得不得了，唯有「噓噓」的氣體流動聲在鏽跡斑斑的瓶蓋下發出。

鼓鼓的嘴巴如洩氣的氣球一樣癟下去，瑰道士將口裡的氣體都吹進了小小的瓶蓋裡。隨後他迅速用手摁住瓶蓋，繼而用腳踩著瓶蓋站起來，一臉的得意，彷彿小學生在向他的家長炫耀老師頒發的通紅獎狀。大家看見他得意的神情，知道血糊鬼已經被他制服了，這才讓心裡的石頭落了地。

三嬸撇了撇嘴，說：「有什麼好得意的，學道士的人當然不怕鬼啦。我們凡夫俗子的，當然不知道怎麼對付這些不乾淨的東西咯。」

瑰道士仍不掩飾他的得意，仰著頭吩咐選婆道：「叫你捉你不會捉，叫你去拿個大洋釘來總沒有難處吧？」那時人們仍習慣把火柴叫「洋火」，大釘叫「洋釘」。

「不用拿，我這裡有。」天天一面說一面返身去屋裡。瑰道士看著腰肢一扭一扭走進裡屋的天天，眼睛裡流露出異樣的東西，只是旁人都沒有注意到這個細節。很快，天天拿出一個中指長短的大釘來，選婆接過遞給瑰道士。選婆並沒有因為瑰道士的得意而反感，反而因為剛才的一幕對瑰道士油然產生尊敬和崇拜，臉上也顯露出毫不掩飾的討好。

「還需要一個錘子。」瑰道士說，做了一個敲擊大釘的動作。

「也有。」天天又拿出鐵錘。

瑰道士對著大釘的尖端吐了口唾沫，然後將釘尖對準罐頭瓶蓋的中心，用鐵錘敲起來。不一會兒，釘子將罐頭瓶蓋死死釘在了地上。

交還鐵錘，瑰道士拍了拍沾了灰的手，說：「好了，拿塊紅布蓋住這裡，叫大人和小孩都注意不要將這裡弄壞了。過了今晚12點就沒有問題了。」

三孀本來還想問幾個問題，可是看了瑰道士那種不可一世的神情，故意壓下問題不問了。選婆瞭解三孀的心思，只好也將感興趣的問題爛在肚子裡，轉而問另外的問題：「瑰道士，您不是答應給我們講講掐時的嗎？現在血糊鬼也治理好了，夜叉鬼也暫時不會出來，我們不如在夭夭家喝喝茶，順便聊聊掐時啊？」

提到掐時，三嬸也是一直對此感興趣，也跟著點點頭。其他幾個婦女也湊過來。

瑰道士見這些人也算幫了他一個小忙，不好意思掃大家的興，再說，他也喜歡高高在上的感覺。還有，夭夭長得太像他認識的一個人，他有意想在這裡多留一會兒。於是，他應允下來。

夭夭見他答應講掐時，高興得忙將大家請進裡屋，泡了幾杯暖茶慢慢聽他聊起來。當然，那時我還在學校，沒有聽見瑰道士怎樣聊掐時。是後來我主動問到選婆，選婆把瑰道士的原話告訴了我。

我一聽，原來跟爺爺說的差不多。有一段時間，我央求爺爺教我學掐時，爺爺執拗不過，只好答應。可惜的是我讀的古書太少，最終還是沒能全部學會。

「東方成字笑呵呵，南方中字打遊鑼，西方劣字見妖怪，北方闕字見閻羅。」爺爺教我的第一句話就是這樣。我一聽便雲裡霧裡，不知所云。瑰道士給選婆他們首先說的也是這樣的口訣。

爺爺笑道：「你們現在讀的新書，很多古書上的東西你們都不知道，要學這個太難了。子丑寅卯辰巳午未申酉戌亥你都不能一流之水背出來，還要怎麼學嘛？」在要爺爺教我之前，他考了我十二生肖的順序，我沒有全部說出來。

可是我仍不放棄，死纏著他。他只好重新耐下心來告訴我。

爺爺說：「大拇指除外，其餘四個手指上共有十二個指節，分別代表十二個時辰。子時從小指頭節，由此倒推。」爺爺先指著我的小指頭節，然後中節然後下節移動。他接著說：「人家報什麼時辰給你，你就從哪個指頭的指節開始掐算。」

「東南西北方向分別由食指、中指、無名指、小指代表，也分別代表成、中、劣、闕四個字。如果掐在成字上，那麼笑呵呵，就是很好；如果掐在中字，那麼打遊鑼，就是折騰一番就會好，也不要緊；如果掐在劣字，肯定是遇到不乾淨的東西了；如果掐在闕字，那就是危在旦夕，可能致命。」爺爺自顧扳著自己的指頭說，完全不顧我跟得上跟不上。

43

「比如有個老人突然犯病了，他家裡人不放心，便來找我，說岳爹幫忙掐算一下。」

爺爺打比方說，因為找他掐算的大多是附近的姓馬的人，所以人家不籠統地叫他「馬師傳」，而叫「岳爹」。

「於是我輪著指節一算，如果掐在了東方，那麼是成字，笑呵呵，沒有事，病很快會好的；如果掐在了南方，那麼是中字，那就要打遊鑼了，可能這個病會折騰一番，但是最終病還是會好的，也沒有大問題；如果掐在了北方，那麼是闕字，你知道的，見閻羅，大概這個老人陽壽將盡，沒有辦法了。」爺爺說完瞇著笑意的眼睛看著我。

我忙問：「爺爺，你還有一個方向一個字沒有說呢。如果掐到西方劣字怎麼辦？」

爺爺果然老了，記性像漏斗似的。他拍了拍腦袋，抱歉地笑笑，說：「是哦，還有一個西方給忘記了。不過這個很容易啊，西方劣字就是見妖怪嘛，那麼就是這個老人家碰了不乾淨的東西，請你爺爺我去就可以了啊，呵呵。」我不知道爺爺忘記這個字是有意還是無意的。

我問：「掐算只要時辰就可以了嗎？不用管是什麼日子嗎？我看有些人掐算還要問日子呢。」在初中讀書的時候，我偶爾看見有人詢問歪道士一些問題，歪道士首先問的是事發的日期和時間，然後給人家掐算。

爺爺又一拍腦袋，連忙說：「哦，哦，對了，還要知道日子。掐算要從三。」

「掐算要從三？什麼意思？」我問。

「就是說，只能從初三、十三、二十三開始算。」

「什麼意思？」我仍不明白。爺爺的話就像一個滿是斷頭的毛線團，這裡扯一段，那裡扯一段，沒有連貫的。

爺爺解釋說：「一個月的初三一直到十二，都要從初三算起；十三就不算初三了，要算十三，一直算到二十二；可是二十三到下月的初二，都要從二十三算起。」爺爺停頓了一下，問道：「知道了吧？」緊接著用肯定的語氣說：「你在學校成績好，我一說你就懂。」

可事實上我聽得一頭霧水。

這時剛好舅舅經過我們身邊，他插言道：「你爺爺說得亂七八糟的，你只管初三之後都按初三的日子算，一直算到十二；到了十三就按十三算，一直算到二十二；到了二十三就按二十三算，一直算到初二。這就是掐算要從三的道理。」舅舅說完又忙自己的去了。

這樣一歸納，果然聽起來輕鬆多了。我連連點頭。可是具體怎麼從指節上開始算，按什麼順序算，或者用什麼公式算，我仍不明白。

爺爺見我點頭，以為我什麼都明白了，立即開始給我講金木水火土五行。他說：「不光要看時辰和日子，還要看五行。五行你知道吧？金木水火土知道吧？」

還沒等我點頭或者搖頭，爺爺已經直接開講了：「春天土旺，夏天木旺，秋天水旺，冬天火旺。這個你要知道。」

我只好暫時先跟著爺爺的思維，自作聰明地說：「是不是在春天掐到土就好？夏天掐到木，秋天掐到水，冬天掐到火，就都是好的？」

爺爺立即搖了搖頭。

我問：「為什麼？旺不就是好嗎？」

「不是的。旺不一定好啊！」爺爺說。

「那是為什麼？」我問。

「你想想。」爺爺意味深長地看著我說。

可是這叫我從哪裡想起嘛，我在心裡暗暗埋怨。掐到旺的不好，難道要掐到倒楣才好？爺爺一句話不說，似乎在等我仔細思考個中緣由，就像課堂上的老師不急於告訴你答案，一定要等學生細細思考一番後揭開最終的謎底。

我沒有辦法，只好順從地假裝一手撐著下巴做一副思考的樣子。等了幾秒鐘之後，我假裝搖了搖頭，慢吞吞地說：「我沒有想出來。」其實不是我沒有想出來，而是我根本就沒有想。

爺爺把右手往大腿上一拍，笑道：「欺老誇少罵中年嘛，你們書上沒有學過嗎？」

我當時差點背過氣去，什麼東西嘛，欺老誇少罵中年？聽都沒有聽說過，更別說從書上學了。看來爺爺還以為古代私塾裡學的東西跟現代小學課本裡的內容一樣。

後來多少次看見垂垂老矣的爺爺，我總覺得他跟這個時代格格不入。現代的世界已經滄海桑田，而他仍活在他在古書裡看到的世界。每當這個時候，我會感到一陣陣的悲涼和傷感。是他們這一代人主動離開了這個社會，還是社會摒棄了他們？無論是怎樣，都有些殘忍。可是爺爺他們這一輩人的人不會像我這樣感到不適。就像我們看見別人佝僂著身子睡覺總覺得那姿勢不舒服，應該舒展開來，可是別人照樣睡得很香很甜一樣。

「書上沒有學過，先生應該在課堂上講吧。先生應該知道這些的啊。」爺爺那時仍習慣將學校叫做學堂，將老師叫做先生。後來在我的屢屢糾正下，他才緩緩改過來。彷彿裹腳多年的老太太突然放開裹腳布，一時難以習慣，只好慢慢地適應。

「現在的老師不比以前了，這些東西也是沒有的。老師他們自己都不知道這些呢。」我說。

爺爺搖頭道：「你們老師讀了那麼多書，相當於原來的秀才了，肯定知道這些的。他們不講是因為他們不願意告訴你們罷了。肯定是『文革』時期破四舊給弄怕了。」

我知道跟他爭辯是沒有作用的，只好默認我們老師知道但是不告訴我們。

「破四舊的時候老書古書都要燒掉的，姥爹原來的書都要交上去。我想留兩本，結果讓你姥爹知道了。你姥爹奪過書，咣咣給我兩巴掌，打得我暈頭轉向，耳朵裡嗡嗡叫。」

爺爺回憶道，「其實當時下決心留兩本就好了，我是貧下中農，哪還怕這些！」

我怕爺爺將話題扯遠，忙問道：「欺老誇少罵中年是什麼意思？」

44

「比如夏天掐在木上，那是很好的。夏天木旺嘛。可是呢，如果掐算的是小孩子就好，老人就不好。」爺爺說的話有些自相矛盾，我理解起來非常費勁。

「為什麼老人就不好？小孩子又偏偏好？」我皺起眉頭問道。

「老人不能旺，小孩子就要旺。」爺爺簡短地回答。

這個回答生硬得很，就像數學老師或者物理老師在某節課堂上突然擺出一個公式，然後對黑板下面的眾多學生說：「你們就按這個公式算，別問為什麼。」也不知道是我的智商太差還是老師真沒有講解清楚，反正那時的我用很多沒有理解的公式解了很多莫名其妙的題目，沒想到我還順順利利地通過了基測和學測。現在學的知識稍多了些，回頭想想那些曾經學過的東西，還真是容易，感嘆自己當初怎麼就理解不了，於是感到我這樣的笨人還能順利經過基測和學測，真是驚險而萬幸。

我又裝模作樣地思考了片刻，然後點點頭：「老人不能旺，小孩子就要旺？嗯，我記住就是了。」

「秋天掐到水，是小孩子就好；其他的也沒有什麼，只有土不行，土往下降。」爺爺又舉例說明。

「秋天只有掐到土不好，是吧？」我沒有等爺爺回答立即接著問道，「可是，為什麼這樣呢？」

「說了嘛，秋天的土往下降，當然不好了。」爺爺擺出理所當然的氣勢回道，彷彿他說的就是普普通通的常識，只要腦袋還在脖子上就不應該問為什麼，他那說話的口氣把我噎得說不出話來。

「如果是冬天掐到土，那麼就沒問題了；在火，那就相當好，冬天需要火嘛；在木，就不怎麼好，冬天的木都會枯掉嘛；在水，也不好，冬天的水太冷。」爺爺又說。

這次我學乖了，不再問為什麼，而是默默地將這些記在心裡。

爺爺說完停頓了一會兒，似乎故意等我發問，可是等了等見我一言不發，轉而講到了他的經歷：「我們村裡的年爹，他在他老伴病重的時候來找我算過一次，問我他老伴大概什麼時候咽氣。因為那時候他老伴已經滴水不進了，年爹想知道時間了好做準備。我給他掐算了一下，結果算在了水上，那時已經是冬天了。於是我對他說，說句不好的，恐怕你老伴撐不過這個月了。」

說到這裡，爺爺轉頭看看我，我忙點點頭，表示我正仔細聽著呢。

他接著講：「年爹嘆口氣，又問我，既然撐不了多久了，那麻煩您再給我算算大概在這個月的幾號去世。我又給他算了一下，一下掐在了北方。北方閻字見閻羅，你知道的。這跟冬天掐到水是一樣的結果，所以只要算好了，怎麼算都是一樣的結果。」

我打斷道：「還可以掐到是具體幾號去世嗎？」

爺爺點頭道：「掐到北方，那麼肯定是在二、四、八的數字裡死。」

「二、四、八？」我問道。

「嗯，當時已經過了月半，我說，年爹呀，你老伴如果不是在十八過世的話，一定在二十二、二十四、二十八過世。就在這四個日子裡你多注意下你老伴的動靜，絕對不會在第五個日子裡過世的。我這樣說了後，年爹不相信，他自己捏著拳頭算了算，說他老伴不會在雙數天過世。他那算拳頭的占卜我不熟悉，只是以前也聽你姥爹提到過。我搖了搖頭說，你那算拳頭的方法我不知道，但是我對自己的掐時有信心，如果掐在西方上不是北方上，那就是在一、三、七的數字裡過世。」

「掐在西方就是一、三、七？」我更加驚訝了，「就是說在初一、初三、初七，或者十一、十三、十七，或者二十一、二十三、二十七的日子裡出事嗎？」

「別忘了有的月份裡還有三十一哦。」爺爺補充道。

「有這麼神嗎？連日子都能算到？」我既欽佩又懷疑。

爺爺卻笑笑說：「我這還不算怎麼的，如果你姥爹在世，就可以算到具體的日子甚至是時辰。」

我歪頭問道：「怎麼同樣的方法你和姥爹算出來還有差距呢？姥爹沒有全部教給你嗎？」我差點接著問是不是因為爺爺比姥爹笨，幸虧及時閉住了嘴巴。

「你姥爹不要我學，我現在的大多是偷著學的，所以沒有學得全部，也沒有學深。」爺爺仍面掛笑容。如果是我，我早氣憤於姥爹的決絕了，臉上哪能還掛著笑容！雖說那個年代各行各業的師傅總有在徒弟面前留一手的習慣，生怕徒弟超越了師傅不把師傅看在眼裡。可是爺爺是他的親生兒子，總不會吝嗇到那個程度吧。

「為什麼？」我問。

「你姥爹說這是瞎子才學的藝，眼明的人學了只能聽人家的小叫。瞎子給人家掐個時什麼的，人家必須付點錢或者給根菸表示表示，瞎子是吃這個飯的嘛。像你爺爺，」爺爺指著他自己說，「人家孩子生病了要我來幫忙還好，可是人家雞鴨走失了，甚至早上打了一個噴嚏，都來找我掐時，看雞鴨丟失在哪個方向，看早上的噴嚏有什麼預兆。算到好的了也沒有一根菸，算到不好的了還不敢直接說。」爺爺抱怨道。

想想確實是這麼一回事，也許還有其他原因，姥爹只放在心裡沒有說出來。譬如姥爹用算盤算到爺爺和女色鬼的事情。我猜想，也許姥爹後悔發現了這個秘密。如果之前沒有發現，就不必這樣勞神費心了，因為不知道，所以去世的時候也不會牽掛這麼多了。可是一旦發現就不同了，插手怕反噬，不插手不甘心。

「你知道掐時是誰創造的嗎？」爺爺問道，一臉的肯定，肯定我不會知道答案。

「誰？」我儘快向爺爺的表情屈服。

「鬼穀。」爺爺神秘兮兮地說，彷彿這是鮮為人知的機密。

「是鬼谷子吧？」我頗不以為然地問道。

45

「鬼谷子？」爺爺擰眉問我，顯然他並不知道歷史上有鬼谷子這個人。可是我對鬼谷子也不是很瞭解，不敢肯定鬼谷子是不是曾有名字叫鬼穀。

「你說的是那個只有娘沒有爹的鬼穀嗎？」爺爺問道，可見他也不知道鬼穀和鬼谷子是不是同一個人。

「只有娘沒有爹？」我納悶道，「鬼穀的爹死得很早嗎？」因為我和爺爺都不知道鬼谷子和鬼穀有什麼區別，只好先把問題放在一邊。

「不是。」爺爺說。

「那是為什麼呢？」我更加納悶了。

「鬼穀根本就沒有爹。」爺爺說。

我倒是恍惚記得哪個佛還是神的母親因為一道光或者其他古怪的東西而懷孕，從而生下佛或者神的。

爺爺點上一支菸，悠悠地說：「很久很久以前，有一個大戶人家的小姐在一片蘆葦裡玩，腳邊忽然生出一根稻禾。那根稻禾生長得很快，不一會兒就由幼苗長成了成熟的稻穗。

可是這個稻穗長得很奇怪。怎麼個奇怪法呢？一般的稻穗長的稻穀是一線一線，而這個小姐腳邊的稻穗只長了孤單的一顆稻穀，金黃而飽滿。這根奇怪的稻穗吸引了小姐的注意。於是這個小姐彎下腰來，摘了這個稻穗上的稻穀細細把玩欣賞。她將這顆飽滿的稻穀放到嘴邊咬了咬，卻一不小心讓稻穀從嘴裡溜到喉嚨，順著喉嚨進了肚子裡。」

爺爺吸了一口菸，菸頭亮了片刻。他接著說：「這個小姐沒有在意，心想這顆小小的稻穀吃進了肚子也沒有什麼大不了的，仍舊在蘆葦裡玩耍到天黑才回家。過了不長一段時間，這位高貴的小姐卻有了妊娠反應，乾嘔，頭暈，想吃酸東西。小姐的父親粗心，沒有發現女兒的異樣。可是小姐的母親一眼就看出了不尋常，頓時慌了神，在封建時代，未結婚的女子懷孕可是非常嚴重的事情，是要浸豬籠的。」

「於是，小姐的母親隱瞞著她父親，將一個瓷碗打碎了磨成粉，混在熱湯裡要女兒喝下去，想用這樣的方法將女兒肚子裡的孩子打下來。小姐的母親自以為神不知鬼不覺，孩子打下來後女兒仍可以嫁得一個好人家。可是不知道這個土方法不行還是小姐身子太弱，喝下瓷粉湯後小姐竟然一病不起。這下可嚇壞了小姐的母親，情急之下只好將所有實情和盤告訴丈夫。小姐的父親聽後怒火沖天，根本不叫醫師來救治女兒，反而要女兒自尋短路，以免污辱門風。」

「這位小姐本是她父母的獨生女兒，從小到大都是在呵護中長大，哪裡經得起父親的這般羞辱？於是上吊自殺了。」

「上吊自殺了？」我驚問道，「那怎麼還生下鬼穀呢？」聽了前面一段故事，明擺著鬼穀是這位獨生小姐肚子裡的孩子，想都不用想。雖然我不相信一顆稻穀就可以使一個冰清玉潔的女孩子懷孕，但是很多傳說本來是真實發生的，只是在眾人的口中流傳時漸漸變成了另一番模樣。或許這位小姐在蘆葦裡玩耍的時候，跟某個心儀的男人做了什麼也是不得而知的，或許在這位小姐上吊自殺後，她的母親故意向眾人解釋說她的女兒其實是清白的，懷孕只是因為一顆奇怪的稻穀。還或許是在鬼穀出名後，知道自己的母親有這樣一段不光彩的故事，從而解釋說自己其實是由一顆古怪的稻穀生長而來。他並不是不知道父親是誰，而是根本就沒有父親的。這樣人們就不但不會瞧不起他的身世，而且還會以一種仰視的姿勢面對他。因為他的出生跟那個見一道光一陣風而生下的佛或者神沒有多大區別啊。

不可否認，那個我不知道姓名的佛或者神是由活著的母體生下來的。

可是，偏偏這個時候這個小姐居然上吊自殺了。對於做為聽眾的人來說，小姐死了是小事，關鍵是小姐死了鬼穀怎麼出生的呢？

相信在爺爺聽姥爹講述這個故事的時候，爺爺也有這個疑問。某個人給姥爹講述這個故事的時候，姥爹也有這個疑問。如果瑰道士也給選婆他們講述了這個故事的話，如果瑰道士的故事跟爺爺的是一樣的話，選婆他們肯定也會有同樣的疑問。

可是選婆告訴我，瑰道士根本沒有跟他們講起鬼穀的故事，只是簡單地，比爺爺更有條理地講了講掐時的內容。不過，他們也因為原來沒有讀過私塾，很多古書上的內容不懂，像我一樣只學得個半吊子。

選婆說，瑰道士講掐時講到半途，夭夭家裡忽然竄進來一隻黃狗。讓選婆不解的是，常把得意的神情掛在臉上的瑰道士居然怕狗，而且不只一點點怕，他害怕得直哆嗦。他講得正興起，見狗移步到他身邊，立即噤口。

「這，這是你們家的狗嗎？怎麼不拴好，讓它跑到這裡來了？」瑰道士缺氧似的虛弱地問夭夭。黃狗用鼻子順著瑰道士的褲腳嗅到膝蓋，那兩條腿觸了電似的顫動。黃狗圍著瑰道士走了一圈，嘴裡嘀咕著什麼，似乎不高興這位不速之客。

選婆笑道：「道士果然是不食人間煙火，你見鄉里誰家的狗拴住的？只要不亂咬人，拴住了還怎麼看門？還怎麼嚇唬夜裡的小偷？」

瑰道士的腳躲閃著黃狗的鼻子，心慌慌地問選婆道：「這附近沒有黑色的狗吧？」

夭夭捧腹笑道：「沒想到這麼有本事的道士還怕狗呢。」夭夭捂住肚子「咯咯」地笑，彷彿肚子裡的孩子也在跟著她笑，生怕肚子裡的孩子笑岔了氣。

三嬸也跟著打趣道：「怕狗還不要緊，沒想到怕的狗還分黑色黃色。」

46

瑰道士掩飾不住對狗的害怕，只好尷尬地笑了笑。這時選婆記起早上瑰道士嗅飯的動作，不禁心裡打上一個豆芽似的問號。選婆禁不住好奇，試探性地問道：「你為什麼這麼怕狗啊？」可是瑰道士仍舊用同樣的笑容敷衍選婆，不做任何解釋。

而面對我的疑問，爺爺做出了解釋，雖然這個解釋不能令我信服。

爺爺解釋道：「鬼穀可不是一般的人啊，當然出生也不同於普通人了。」

「怎麼個不同法？」我詢問道。有時，一個問題可以引起你的極大興趣，在不知道答案之前，你可能冥思苦想、浮想聯翩，甚至想入非非，以為問題的後面有非同尋常、匪夷所思的東西。可是一旦知道答案，你整個興奮勁兒就像一片鵝毛被風吹到九霄雲外，整個人一下子垂下來。

我也是這樣。在爺爺沒有揭示謎底之前，我幻想著死去的小姐突然肚子上開出一朵豔麗的花，從花蕊中跳下一個小孩子，這個小孩子就是幼時的鬼穀。這是比較浪漫的想法，或者是一個比較血腥驚悚的想法。死去的小姐的肚皮突然炸開，像太陽底下曬裂的豆子，像一顆被春開的稻穀，一個滿身是血的嬰兒爬出來，哇哇地哭泣。

爺爺揭開謎底說：「小姐僵硬的屍體從房樑上取下來後，傭人發現她的肚子裡還有動靜。說來也巧，傭人中剛好有曾經學過醫的，那人說小姐有即將生產的跡象。這下大家都慌了，人都已經死了，哪還能生產呢？平時這位小姐對下人都挺仁慈的，下人們都記著小姐的好，於是隱瞞著老爺和夫人，立即圍著小姐掛起了帳幔，讓那個懂醫術的人幫助死去的小姐生產。大家本來對此也沒抱什麼希望，只是死馬當作活馬醫罷了。可是不一會兒，帳幔裡傳來了小孩的哭聲。」

「哦。」我嘀咕道。

「這些傭人知道老爺的性格，不敢讓老爺知道這件事情，於是好心的傭人偷偷將生下的孩子送給了一對孤寡無子的老人。也許是那瓷粉湯傷害了鬼穀，稍長大一些，他的養生父母發現抱養的孩子兩隻眼睛都看不見東西。」

「是個瞎子？」我問。

「是的。」爺爺說，菸頭上的灰形成了長長的一條，彎彎的要墜下來。「同時，他的養生父母發現這個孩子有預言的功能，說的未來的事情都非常準。哪個年份種什麼作物能豐收種什麼作物能減產，哪段時間有雨水哪段時間豔陽高照，他都能提前說出來。」爺爺說的這段話我還比較相信的，因為爺爺本身就會這些。比如某年立春那天，爺爺一大早便嚷嚷說後面幾天要注意加衣服了。我爸爸奇怪地問道，已經是春天了，天氣要回暖了，怎麼還要加衣服呢。爺爺說，昨晚一點多立春的，起床的時候外面起了南風。立春起南風，就要返春，氣溫就會變冷一段時間。我只知道哪天立春哪天驚蟄哪天穀雨，卻不知道立春還有從幾點開始的。後來，果然天氣突然變冷，還下了小雪。

「他的本領還不僅僅這些，他還能預言每個人的人生、今生和來世。掐時便是他按照自己的所知編排出來的，當然後來有人學得很深很好，有人學得浮躁淺薄，所以有些人掐算厲害，有些人掐算不靈。但是他自己從來沒有錯誤和偏差。一時間，他的名聲遠播。於是，有一個好吃懶做的人來求他。」此時爺爺手中菸頭的灰終於沉甸甸地掉了下來，摔得失去了原來的形狀。

對著摔在地上的菸灰，我不合時宜地想道：菸大多時候是在沒有被人抽時白白消耗的，真正被人吸到的時間相當短；人生的時間是不是也這樣呢？真正被利用的時間相當少，其他時間都是在人們願意或不願意，注意或不注意時流逝的。

爺爺的故事也像我的思緒一樣扯到很遠很遠。他說：「你猜那個來找鬼穀的好吃懶做的人是誰？」不等我回答，爺爺急匆匆地說：「那個人叫董義，是董永的兒子。董永你知道嗎？」不待我回答，他又搶答道：「董永就是七仙女的凡人丈夫嘛。天仙配裡講過的，你們老師應該講過。」

老師倒是沒有講過這些關於愛情的神話，不過我看過《天仙配》的電視連續劇。那時我們村就村長家有一台熊貓牌的黑白電視機，每天晚上幾十個附近來的人擁擠在一個小房子裡看電視。那排場與電影院頗有幾分相似。

鬼穀和董永的兒子能發生什麼故事呢？我在心裡犯疑。

此時，爺爺聲情並茂地給我講：「那個董義因為好吃懶做餓得瘦不拉嘰，他找到料事如神的鬼穀，要他幫忙找到一個不用費多少勁而又不愁餓肚子的辦法。鬼穀開始不肯，經不住董義的再三央求，只好洩露天機說，今晚你早早躲到白龍橋旁邊的草叢裡，天上的七個仙女會經過那裡。你等前面六個仙女走過後，死死抱住最後面的那個仙女，她就是你的母親，你央求她幫助你就可以了。」

爺爺吸了一口菸，說：「那個董義聽了鬼穀的話，早早在白龍橋的草叢裡候著。天剛黑，果然看見一群仙女從橋那頭走了過來。董義等前面六個走過後，按鬼穀的吩咐死死拖住最後那個仙女的衣服，央求她幫助自己。七仙女問董義怎麼知道她今晚會從白龍橋經過，董義說是鬼穀告訴他的。七仙女聽了一驚，這還了得！凡間居然有這麼厲害的人，連我們七仙女下凡的時候和地點都瞭若指掌！她拿出一小袋米交給凡人兒子，並叮囑他每月只可煮一顆，可保一輩子的飯食不愁。」

爺爺用手指彈了彈菸，接著說：「本來事情到這裡就結束了的。可是偏偏董義因為太偷懶喪了命。」

47

「偷懶還能喪命？」我將信將疑。

菸馬上燒到過濾嘴了，爺爺仍用力吸了一口，然後用大拇指和中指壓住過濾嘴，手指輕輕一彈，過濾嘴飛了出去。爺爺舔了舔嘴唇，似乎回味剛才的菸味。

他說：「七仙女不是告訴他了嘛，煮一顆米就可保他一個月不餓麼。可是那個偷懶的董義嫌一月煮一顆太麻煩，乾脆一次將小袋子裡的米全部倒進了鍋裡。這樣一煮，煮出了一座飯山來。董義高興得不得了，乾脆坐在飯山上吃了睡，睡醒了又吃，過著豬一樣的生活。如果他這樣吃到老，那倒也沒有事，也不會引起七仙女和鬼穀的仇恨了。」

「引起七仙女和鬼穀的仇恨？」

「對。董義怕日曬夜露，在飯山上掏了一個洞，住進洞裡面。沒想到飯山鬆動，將好吃懶做的董義壓死在洞裡面。七仙女聞知此事，對鬼穀恨得牙癢癢，向玉皇告狀。玉皇一聽七仙女添油加醋的話，頓時拍著龍案說，凡間居然有這麼厲害的人，能把天上的事都分毫不差地猜測到，這還了得！」

故事聽到這裡，我已經不相信它的真實性了。不過有許多神話在第一個人的口中或許不是神話，是實實在在發生過的事，但是經過口口相傳，為了吸引聽眾的注意力，故事就越傳越誇張，最後變成神話了。比如這個「這還了得」便是爺爺講古代故事時常用的口頭禪，顯然七仙女和玉皇都不會說出「這還了得」的話來。雖然我不相信這個故事的真實性，但是我相信這個故事在第一個人的口裡不是這樣。第一個人在給第二個人講這個故事時，或許略帶個人的感情色彩，但是不會給它蒙上濃烈的神話色彩。

或許故事的真實面目是：鬼穀確實給某個前來求助的人洩露過未來，可是好心不一定做成好事，那個人卻因此惹禍上身導致死亡。那個人的娘於是狀告鬼穀。那個人不一定就叫董義，那個人的娘不一定是七仙女。或許在這個故事的傳遞過程中，講故事的人主觀將董義和七仙女的名字代入。

爺爺繼續興致不減地講道：「於是，玉皇派東海龍王到鬼穀那裡去一探虛實。」後面的情節我在其他故事中也發現了許多類似的地方，這使我想到很多電視劇的片頭有八個字「如有雷同，純屬巧合」。

爺爺說，東海龍王心想，我就不相信有這麼厲害的凡人，能算到所有的事情。龍王找到鬼穀的住所後，一腳踩在門外，一腳踏進門內，就問鬼穀，鬼穀啊鬼穀，你能算到所有的事情，那你算算我現在是要進門呢，還是要出門？鬼穀說，我說你要出去你就偏偏會進來，我說你進來你偏偏要出去，所以我不說這個，我就給你算算我們這個地方的雨水吧。

龍王一想，雷電有雷公電母控制，可是雨水剛好是由我東海龍王控制的，我倒要看看你鬼穀怎麼算雨水。於是東海龍王說，那你就給我算算明天的雨水吧。鬼穀掐指一算，答道，明天城內淺水跑一層，城外暴雨降三升。龍王一驚，這正是玉皇給他的下雨命令，這個凡人居然絲毫不差地說出來了。

龍王轉念一想，我偏偏要在城外淺水跑一層，城內暴雨降三升，到時候讓你鬼穀難堪。

龍王嘿嘿一笑，對鬼穀說，如果明天不是這樣，你鬼穀就永遠不要再給人掐算了。鬼穀點頭答應。龍王第二天早上果然在城外淺水跑了一層，城內暴雨降了三升。做完這事，龍王急匆匆來找鬼穀，逼迫鬼穀不再掐算。

鬼穀卻大罵龍王道，下雨是與民生相關的大事，你雖貴為龍王，怎麼能擅自調改不顧民生呢！大唐開創以來是盛世，從來都是風調雨順，五穀豐登，國泰民安。你故意把雨水顛倒，城外的莊稼缺水乾死無數，城內發生洪水淹死人無數，你大禍臨頭了，你居然還來找我鬼穀的麻煩。

「我怎麼大禍臨頭了？」龍王不解道。

鬼穀說，皇上面前有位叫魏徵的大臣，是真神下凡，十分關心民間疾苦，專殺邪惡害人的鬼神。這次你害得民間如此痛苦，他定饒不了你。龍王一聽，頓時嚇得先前的氣勢全無，連忙請求鬼穀幫忙解難。鬼穀嘆氣道，魏徵這個大臣跟其他的人不一樣，連真龍天子都要讓他三分。要他放過你是不可能的。但是你可以央求當今皇上的母親皇太后，皇太后是心慈的人，或許會答應幫你。龍王問道，叫皇太后怎麼幫我？

鬼穀掐指道，魏徵只在端午節驅邪去惡，所以叫皇太后在端午節那天留住魏徵就可以了。龍王謝過鬼穀，急忙找皇太后幫忙。皇太后果然答應。到了端午節那天，皇太后故意召見魏徵陪她下棋，藉以限制魏徵。魏徵不敢違抗皇太后的旨意，陪著皇太后下了整整一天的棋。眼看到了傍晚，魏徵在中間停棋歇息的時候趴在棋盤上睡著了。

皇太后見魏徵睡著了，不敢叫醒他，生怕他醒後記起龍王的事。不一會兒，皇太后見魏徵臉上汗珠滾滾。皇太后以為魏徵發熱，出於好心給他搧了三扇。三扇搧過，魏徵醒了過來，磕頭謝謝皇太后。皇太后疑惑不解。魏徵說，臣在夢中追殺東海龍王，可是追了好久也沒有追上，正在他氣喘吁吁大汗淋漓之時，忽然吹來三陣寶風，助他追上龍王，並將龍王的頭斬下。

皇太后大嘆一聲，後悔莫及。

爺爺停了下來。我問道：「這就完了？」

爺爺說：「鬼穀自此以後不再給人掐算，卻把這門方法教給了幾個瞎子，並委託這幾個瞎子教給其他瞎子，讓他們藉以糊口。」

48

「所以眼睛好的人學了這個東西有比較嚴重的反噬作用，而瞎子沒有。」爺爺又抽出一根菸，在手指上輕輕地敲。

「是因為鬼穀的意願嗎？」我猜測道。我見爺爺才抽了一根菸又拿出一根，便瞪了他一眼。在十幾年前的記憶裡，爺爺的上衣總有四個口袋，像中山裝那樣。爺爺一直將煙包放在左上的口袋裡，離心臟最近的位置。爺爺的兩根手指已經被菸薰得枯黃，如剛剝的橘子皮，黃色的液汁薄薄地濺了一層在上面。我就想，爺爺的衣服裝菸的那個口袋裡，是不是布的內層如秋天的葉子一樣開始枯黃了？我總是多餘地擔心那枯黃的顏色要滲入爺爺的心臟。

爺爺見我瞪他，嘿嘿一笑，將菸收進上衣口袋。爺爺搖搖枯黃的食指，說：「也有那個意思。還有一種，就是瞎子雖然洩露天機，但是他看不到事情的發生，所以只要事情不是太大，他就沒有反噬作用。」

「這也行？這跟掩耳盜鈴沒有兩樣。」我頗不以為然道。

爺爺也懶得跟我辯解，仍舊嘿嘿地笑。

「古往今來，只有一個人除外。」爺爺故作玄虛道。

「誰？」

「劉伯溫。」

「劉伯溫？」

「對。他能知曉五百年前和五百年後的事，他將自己知道的寫了下來，叫《樓腳書》。包括我們現在的生活他都在書裡已經寫到了。」爺爺伸出枯黃的食指說。

「《樓腳書》？」

我以為只有爺爺知道這本叫《樓腳書》的東西，沒想到後來跟堂哥無意提到這本書時，他居然也知道。之後我有意問了幾個村裡的老人，居然個個都知道《樓腳書》，並且知道這本書記載著劉伯溫時代的前後五百年的事情。我們現在這個社會的形態和發展在那本書上都有記載。我原以為雖然聽說此書的人多，但是真正擁有此書的人肯定鳳毛麟角。可是仔細一問，原來之前很多人家都藏有這本書，卻都在「文革」時期害怕批鬥而焚燒了。

「為什麼劉伯溫就可以例外呢？」我問道。

「因為他的八字硬啊。欺老誇少罵中年也是這個原因。本來旺是好的，可是老人承受不住。小孩子生命力旺盛，所以可以抗住旺氣。」爺爺解釋說。我似有所悟。

「你姥爹雖比不上劉伯溫，可也算掐算裡非常厲害的角色了。」爺爺掩飾不住驕傲地說，「但他不能直接告訴我女色鬼和瑰道士的事情，只能多年前偷偷將紙塞到茅廁的土牆縫，等時機適宜了才讓我發現。」

聽了爺爺的話，我的腦海裡頓時臆想出姥爹超越時空和瑰道士交手的畫面。

我想，瑰道士怎麼也算不到那個不插手女色鬼的馬師傅還有一個出色的父親，而那個父親在很多年前就已經插手了這件事。

女色鬼也萬萬沒有想到，瑰道士居然會叫一個單身男人來主動引誘她。

瑰道士被夭夭家的黃狗嚇出來後，便交待選婆要如此如此，這般這般。選婆礙於瑰道士幫過他一次，那白蛇現在還浸在酒裡呢，他不好意思拒絕瑰道士。瑰道士再三保證選婆的安全，選婆只好心不甘情不願答應幫瑰道士一次。再說了，選婆一個有些年齡男青年，卻沒有碰過女人一根指頭，如今聽說女色鬼怎麼怎麼漂亮，哪能不心癢癢？既然瑰道士保證他的安全，不妨一試。

窗外的雨停了。

他的故事也暫時告了一個段落。

我們各自散去。

詩經奧秘

49

滴答，滴答，滴答。

三個指針合在一起的時候，湖南同學說話了：「在術數界最受尊崇的是《周易》，在文學界最受尊崇的自然是《詩經》。接下來我要講的故事，跟《詩經》有莫大關係……」

幾天後的一個晚上，明月當空。選婆一個人在文天村前的大道上來來回回行走，似乎在找什麼丟失了的東西，又似乎在等待某人。

選婆事後跟我說，不知是心理原因還是天氣真那樣，那晚的月光像雪花一樣冷，透著看得見的寒氣。他不禁哆嗦著身子，口裡卻還吟著一首詩：

「野有死麕，白茅包之。有女懷春，起士誘之。

林有樸樕，野有死鹿。白茅純束，有女如玉。

舒而脫脫兮！無感我帨兮！無使尨也吠。」

話說這首詩，卻有很長遠的來源。此詩名叫《召南・野有死麕》，出自3000年前的《詩經》。

選婆跟我提起這首詩的時候已經忘記了部分，後來結結巴巴總算回想起來了。他說他自己也不明白這首詩的意義，是瑰道士要他這樣背誦的。我在聽選婆講起這首詩時還不知道它的名字是叫《召南・野有死麕》，更不知道這首詩出自 3000 年前的《詩經》。那時淺薄的我以為這只是一首普普通通的不押韻不對稱無美感的詩罷了。

在這件事情過去好幾年了，我才在別的介紹《詩經》的書上看到這首詩，有人說它是愛情詩，有人卻說這是一首偷情詩。我看了後者的解釋後也是驚訝不已，難道我們號稱「詩三百，思無邪」的《詩經》居然也有這樣的「淫詩」？

不過，那本說《召南・野有死麕》是偷情詩的書有獨到的見解。如果按照那種思維來看這首詩，確實也是。

那本記不住名字的書上是這樣解釋這首詩的：一個小夥子在打獵的時候，看中一個美麗的姑娘，他就將自己獵到的獐子用茅草包好放在空地上，等著姑娘走過去察看。這女孩果然不負所望地走了過去！嘖嘖，從古到今哪有女人不貪心！

他一看時機成熟，就從角落裡「吧嗒」一聲跳出來——呔！手下留情！這是我的東西！

可想而知，被人發現自己貪小便宜的女孩會不好意思。這時候，他會很大方地表示：送你一隻獐子也沒有什麼大不了啦，像我們這種高手那基本是手到擒來，不會落空的！

姑娘可能很含蓄地期待著小夥子把獐子送給他，這男生想了想，雖說追女要下本錢，可是萬一給了她，跑了以後約不到做什麼？還是欲擒故縱一下吧，先不給她。趁機多約她一次。

於是他又約了她，下次吧，還在這裡見面，我打一隻鹿給你，鹿肉可比獐子肉香多了。女孩答應了，於是有了第二次的約會，想來這男生打獵手段高是一個方面，另外可能長得也還過得去，起碼挺合女孩的眼緣。這個長相我們是一定要提出來說的，設想一下要是長成鐘樓怪人凱西莫多那樣的，即使是打了一車獐子，人家姑娘也不一定敢要吧，更別提下次約會了。

中間兩人感情如何發展，我們就不一一細述了，關鍵是兩個人進展神速，林間的幽會已經不滿足了，最後一章是小夥子開始毛手毛腳，女的半推半就，想得還細：你別把聲音搞太大，別驚動了我家的狗。

看出來了吧，這已經不是在林間，林間是不會有狗的，有狗也管不到兩人幽會啊，顯然這是漸漸深入腹地了，可能就在姑娘家不遠的隱蔽地方。

我們心領神會，掩嘴偷笑——偷情這事，如果做得好，就叫幽會，做得不好，就叫通姦。話扯遠了，還是回到正題上來。

我問選婆，為什麼要吟誦這首詩。選婆卻說瑰道士沒有告訴他，瑰道士只說他這樣吩咐自有他的意思，選婆照辦就是了。

選婆還說，那晚的月亮特別圓，還能看到月中的桂樹。

正當他一邊心不在焉地吟誦《召南・野有死麕》，一邊抬頭細數桂樹的枝葉時，路的前方來了一個屁股扭得非常活的美麗女子，髮如烏雲，膚如凝脂。特別是她那雙如螢火蟲一樣熠熠生輝的眼睛，在瞥到他的瞬間，他就完全驚呆了。選婆說原來只看見書上形容女人美麗時用「驚為天人」四個字，那一刻他深深體會到了這四個字的貼切。

那一刻，他將對面的美女誤認為是從長著桂樹的月亮上掉下來的嫦娥妹妹。

那一刻，他心裡湧上暖暖的酸酸的愜意的刺痛的畏縮的勇敢的感覺，腦袋裡一片空白，任心窩裡那些複雜的感覺翻騰攪拌。

只見那個身材凹凸有致的女人邁著蓮花步向他靠過來，他的心如拳頭一樣緊緊攥住，不知道怎麼辦才好。

女人先給了他一個笑容，那笑容如曇花一樣在這個美麗的夜晚綻開，雖然是曇花一現，但是給人驚人的妖豔和誘惑。

「請問，你剛才吟誦的可是《召南・野有死麕》？」女人的笑容已經消去，但是花的芬芳似乎還停留在選婆的口鼻之間，使選婆沉醉其中，不能自拔。他已經將瑰道士告訴的事情忘得乾乾淨淨，此時的月光下，不，是此時的世界裡，僅僅剩下他們兩人。村頭汪汪的狗吠聲在他的耳朵裡消失匿藏。

「是啊。」選婆見女人對他開口，手腳都不知道放到哪裡才好。

女人聽了他的回答，頷首示意，眼睛閃爍出星星一樣的光芒。選婆心裡又是一緊，這個美麗女人不但臉部可以笑，連眼睛也可以笑啊。他簡單地回答了「是啊」兩個字後再無其他話可以說。

他肚子裡有很多的話想跟這個美麗女人搭訕，像這首詩裡的男主角一樣對面前的美女蠢蠢欲動。可是詩中的男主角有獵物做為引誘，將心儀的女人收入懷中。他卻只能嘴巴顫了顫，始終憋不出半個字來。

女人仍用含笑的眼睛看著他，看著他蠕動不已的嘴唇，以為他還有其他的話要說，靜靜地等待他把後面的話說完。

他在心裡暗暗責罵自己無用。月亮雖不會說話，卻能用曖昧的月光製造氣氛，自己卻是悶葫蘆一個，有東西也倒不出來。

此時的他，根本無暇去想鬼的恐怖和惡毒，偏偏想到的全是從村裡老人口中傳下來的人鬼愛情故事，類似《聊齋誌異》裡的美麗傳說。他把面前的女人當作了故事中的女主角，卻恨自己不能像故事中的男主角一樣瀟灑風度。

女人見到面前的男人窘迫狀態，毫不在意地問道：「你怎麼知道這首詩的？」

選婆終於找到說話的地方，忙說：「我在《詩經》裡看的呀。」愣了一會兒，覺得這回答有些不妥，連忙補充道：「我就喜歡這首詩。」

「你喜歡這首詩？」女人又笑了。選婆緊張的神經頓時緩和了下來，不知道是因為曖昧的月光，還是因為她的笑。

「嗯。」神經舒緩下來後，他反而覺得沒有必要說很多的話。過多地解釋自己為什麼喜歡這首詩，喜歡這首詩的什麼什麼地方，像一個詩詞專家一樣見解精闢地評論這首詩，還不如一個簡簡單單的「嗯」好。何況，他本身並不是很瞭解這首詩，瑰道士只是叫他生硬地背了下來，並沒有詳細說明這首詩的情況。

「我也喜歡這首詩。」女人的笑不見了，忽然用幽幽的聲音說。

「妳也喜歡？」選婆心頭一喜，難怪她要詢問這首詩呢。他抬頭看看月亮，覺得月中的桂樹比任何時候都要好看。

這時，他不合時宜地想起了小時候奶奶告訴的一首童謠：「大月亮，細月亮。哥哥在堂屋做篾匠，嫂嫂在屋裡蒸糯米，蒸得噴噴香。不給我吃，不給我嚐。……」後面說的什麼卻不記得了。

童謠裡說的是單身的弟弟受了哥哥和嫂子的氣的故事。選婆雖沒有哥哥嫂嫂，卻是有些年齡單身漢，也沒少受其他人異樣的眼光。那時的農村，不管男女，如果到了年齡還沒有結婚，周圍的人就覺得那人肯定有什麼問題。

女人發覺了選婆細微的變化，溫和地問道：「是不是這首詩勾起了你以前不愉快的回憶？」

選婆慌忙從分神的思維裡跳出，撥浪鼓似的搖頭。

女人自己卻傷感起來：「它倒是勾起了我不少的回憶。」

50

「哦？」選婆詫異道，「它勾起了妳的什麼回憶？」

女人苦笑一下，說：「傷心的回憶，不堪回首。」同樣是笑容，可是微笑使選婆心曠神怡忘乎所以，苦笑卻使他心裡堵得慌，彷彿女人傷心的回憶與他有份。

選婆看著女人垂眉幽思的迷人模樣，不禁心猿意馬，忘乎所以。

兩人就這樣在寧靜純白的月光下默默相對許久。月亮在一片薄雲後偷窺他們兩人，卻將眼睛瞪得圓溜溜，偷窺得明目張膽。可是，誰又知道女人的心思比這月亮還曖昧，還大膽呢？

女人首先打破兩人之間的沉默，問選婆道：「你知道《詩經》裡有《召南．野有死麕》，卻知不知道《詩經》裡面還有另外一首詩叫做《齊風．東方之日》的？」

選婆心裡一個咯噔，莫非這個女人已經懷疑我背誦的詩了？她知道我是「貴道士」派來這裡做誘餌的？她是要故意出另外的詩來揭穿我的老底了。如果我會，她便不會懷疑；如果我不會，她肯定會知道我是弄虛作假了。哎呀，這可如何是好呀！「貴道士」怎麼就沒有幫我把這些突發情況考慮好呢？

他心裡雖然亂成一團，但還是面不改色，仍舊掛著月光一樣虛幻而真實存在的笑容。他感覺到那笑拉得肌肉生疼。

選婆想道：是不是我哪裡露餡了？引起了她的警覺？如果她知道我是假裝的，會怎樣處理我呢？是不是面前美豔的容貌立即變成惡魔一般恐怖的模樣？是用嘴咬在我的脖子上吸盡我的血，還是用手指掐得我窒息而亡？

這麼一想，選婆不自覺瞟了一眼女人性感的嘴唇和蔥根一樣的手指，心裡怦然一動。他的恐懼頓時退下，湧上來的竟然是盼望和快樂。

難怪古諺說「英雄難過美人關」，何況我選婆比不上英雄，更是過不了面前這個美人的關了。選婆想道。

他期待著那張嘴唇或者那根手指前來親近他的皮膚。他甚至已經閉上了眼睛，等待那一刻的到來。

那個女人肯定沒有想到選婆的心思在這一瞬間的許多轉變。她兀自吟道：

東方之日兮。彼姝者子，在我室兮。在我室兮，履我即兮。

東方之月兮。彼姝者子，在我闥兮。在我闥兮，履我發兮。

吟完之後，她呆呆地看著寧靜的月光，彷彿自己還沉浸在內，一時無法返回到現實生活中。

「什麼意思？」選婆聽得雲裡霧裡，隨口問出。可是話一出口就後悔不迭，這不是露餡了嗎？即使自己藉口記性不好忘記了這首《齊風．東方之日》，雖不露餡卻露醜了。

女人笑道：「我以為你熟讀《詩經》呢。」

選婆忙解釋道：「前面那首詩因為特別喜歡，所以記得特別清楚。你剛才說的詩並不是我沒有讀過，只是記憶比較淺。」這個謊言其實像窗紙一樣一捅就破，只看聽的人願不願意捅破這層紙罷了。

女人踱步到選婆的背後，說：「這首詩講的是，一個齊國的女子和一個男子熱戀，主動到他家中與他親熱，從白天到晚上與他形影不離。」聽得選婆心裡像貼了一塊豬毛皮，既熱乎乎的舒服又毛乎乎的刺癢。他又不敢轉身去看女人的表情，看她的眼睛裡是不是傳遞一些他期待的資訊。

女人接著說：「此詩以男子口吻起興，寫女子的熱情，不見其淫邪，只見愛戀的熱切。那男子也好，能受得情人的溫存，雖是貪歡，更懂得尊重她的情感，並不認為她的投懷送抱就是輕佻。」女人講完，又停頓了一段時間，等待選婆的回應。

可是選婆後知後覺，等女人接著講，等了半天不見動靜才反應過來。

「嗯。」選婆點頭道。又是這樣簡短的回答。

「嗯什麼？」女人問道。

選婆側過頭來偷偷看女人，女人也恰好側過頭。選婆看見一張怵目驚心的美豔的側臉，她的烏雲一樣的頭髮直垂下來，那張臉像月亮一樣躲在烏雲的後面，欲掩彌彰。選婆感覺心臟要從心窩裡跳出來了。

「嗯，妳說得對呀。」選婆說。他又抬頭看了看月亮中的桂樹。

「哪裡對？」女人問道。選婆聽見了她沙沙的腳步聲，不知道她是在靠近他還是在走離他。一陣輕風吹來，從女人吹向自己，他聞到了好聞的頭髮氣味，像春土之上的茂盛綠草發出的芬芳，那是不同於花的香氣。

選婆事後跟我說，那刻，他感覺自己的鼻子被那好聞的氣味勾住了，拉著他的鼻子要往她的頭髮上靠，要用鼻尖去親近她的絲絲縷縷。

我立刻想到陳少進在蔣詩的「房子」裡聞到的香氣。如果不是蔣詩的「房子」裡那陣奇怪的香氣，陳少進也許就可以抑制自己不要進入初次會面的蔣詩的臥室裡。

「哪裡都說得對。呵呵。」選婆憨笑道，「我認為妳說得都很好，都很對。」此時的選婆哪裡還去想女人的話哪裡說得對哪裡說得不對？他此時的腦袋裡全是接觸她的秀髮的慾望。此時的他像一隻饞嘴的魚，圍繞著弓著身子的誘餌，流連忘返。他隱隱感覺到了散發著香味的誘餌裡面有鉤和刺，就是欲罷不能。

「你說我講得都對？」女人問道。

「嗯，」選婆回答道，「是啊，是啊。」

「那你為什麼不照做呢？」女人問道。

「照什麼做？」選婆不解。他覺得女人的話和月光一樣模糊不清，捉摸不透。朦朦朧朧的，讓他看對面的山都如隔了一層紗。

「帶我回你的家啊。」女人幽幽道。月光頓時明朗起來。

選婆高興得差點跳起來，他看見對面的山背像波浪一樣舞動，漂亮極了……

51

選婆是用顫抖的手將門打開的。在開鎖之前，選婆有好幾次鑰匙塞不進鎖孔，都是因為手抖動得太劇烈。

女人在後面笑得彎下了腰：「我說，你一個大男人家，怎麼一個鑰匙孔都找不到啊？難怪到現在還討不上老婆的。」

選婆聽了女人的話，臉騰地紅了一片，手抖得更厲害。幸虧是面對著大門，女人看不到。這句話對選婆來說有著歪曲的含意。選婆這麼大的年齡了還沒有結婚，並不是因為他完全找不到媳婦，裡面還有更深的不為人知的故事。

額頭上出了汗，手裡的鑰匙就像一條活泥鰍，怎麼也不願意進入那個孔裡。女人扶著腰直起身子來，說：「你是不願意我進你家休息吧。你找準鑰匙孔了慢慢擰進去不就好了？看你急的！這有什麼好著急的？」

臉上已經是火辣辣的，選婆閉上眼睛，做了個深呼吸，默默告訴自己不要把話的意思想歪了。然後他用一隻手摸了摸鎖的孔位置所在，另一隻手將鑰匙插入，緩緩地，鎖開了。

他正要推開門，門卻已經開了。原來是女人見鎖打開，先於他推門而入了。

「家裡挺寬整的嘛。」女人環顧四周，撫掌道。在我們那一帶的方言裡，「寬整」是「房子裡面挺寬大挺舒適」的意思。

「是啊，是啊。呵呵，一個人住嘛，能不寬整嗎。」他邊說邊去拉電燈。雖然由於月光的關係，屋裡顯得不那麼暗，可是這樣的氛圍讓他心跳不規律，呼吸有些加重。心裡想的東西又多又亂。選婆抓住開關的繩子拉了一下，燈沒有亮。

「看來今晚又停電了。」選婆攤掌道，盡力使自己的語氣平緩，生怕女人從他的話裡聽出自己的心理活動。「我去找兩支蠟燭來，稍等啊。」

「不用了，勉強還能看得清楚。我們早些休息吧，我有些累了。」女人扶住裡屋的門往門內探出頭來看。「你這個人還挺細心嘛，被子都折得豆腐塊一樣，家裡也乾淨。不像很多男人一樣，家務事從來都是一塌糊塗。」

選婆憨憨地一笑，移步去另一間房裡尋找蠟燭。

「你喝酒？」女人回過頭來問選婆。

「啊？」選婆停下去另一間房的腳步，愣愣地看著她，不明白她的意思。

「那個。」女人指著屋裡。選婆又走回原來的地方，湊過去看。她指的是八仙桌下的酒罐，圓滾滾地坐在那裡，如一尊敞肚的彌勒佛。那尊彌勒佛笑瞇瞇地看著這兩個深夜歸來的一男一女，一如幾天前他走出門口時的回頭一看。同樣地，雖然彌勒佛的笑容寬厚仁慈，但是他感覺到隱隱的危險。

這是錯覺，選婆使勁晃了晃腦袋，要把這不合理的思維甩出腦袋。

「哦。我有時晚上喝一點。」選婆說，「有時晚上實在睡不著，就隨便喝一點，但從來不喝醉的。」選婆撓撓後腦勺，想起酒罐裡還有一條細小的白蛇。這幾天他沒有開罐，白蛇在酒裡面浸了這麼久，也不知酒的味道好些沒有。村委書記⑤家有一個玻璃的大酒瓶，透明的酒瓶裡面盤坐著一隻乾枯的蛇。瓶裡的酒被染成蛇皮一樣的顏色，村委書記喝了酒

5. 村委書記：農村的負責黨務工作的領導。

後臉上也隱隱泛出蛇皮一樣的光，搖搖晃晃地走在細長坎坷的田埂上考察水稻的長勢。有很多次選婆在書記家幫忙的時候，他想借飲兩口，卻一直沒有機會。他的酒越喝憂愁就越多，覺也睡不好。他看見有的電杆上貼有紙條，上面寫著：「天惶惶，地惶惶，我家有個夜哭郎。過路君子念一念，一覺睡到大天亮。」他突然想自己也寫一些紙條貼在那裡，讓其他人幫忙唸一唸。

他看著村委書記搖搖晃晃樂似神仙一樣，心想是不是喝了浸蛇的酒就可以擺脫煩惱的糾纏？是不是就可以一覺睡到大天亮？

「睡不著？失眠嗎？」女人問道，眼睛裡閃爍著微微的光芒。選婆心想道，難怪人家都說漂亮女孩子的眼睛是水靈靈的呢。他在她的眼睛裡分明看見了月下泛光的溪水。他的心裡突然閃過另一個女孩的模樣，那個女孩也有這樣一雙水靈靈的眼睛。那個女孩本來是要成為他的妻子的。

後來也有人給他介紹對象，可是他總先看人家的眼睛，卻怎麼也沒有找到一雙如她一般水靈靈的眼睛。

多少個夜晚，選婆半夜醒來，回想夢中那雙水靈靈的眼睛。慾火焚燒著身體，失落卻充斥著每一根神經。房子也消融在夜色之中，他如坐在水井的底部。於是，多少次，他從床上爬起，摸索著去打開冰涼的酒罐，給自己斟上一碗酒，端到床上慢慢一口一口地喝盡。喝到酒見底，窗外的天色也開始濛濛亮了。

「喂？」女人見他站在那裡像木雕一樣，在他的眼前揮了揮手。

「啊？」他眨了眨眼睛，立即醒悟過來。

「今晚我住哪裡？」女人語氣平淡地問道，眼睛裡流出平緩的光芒。可是越是沒有意味的時候，越讓人覺得有意味深長。

「妳住……」選婆搓著雙手，沒有了下半句。

「總不能讓我和你住一起吧。」女人的語氣仍然很平淡，在選婆聽來，像是含羞的要求，又像是堅硬的拒絕。選婆的思維在這兩者之間徘徊不定，找不到合適的落腳點。

在那個也有一雙水靈靈的眼睛的女孩面前，他面臨著同樣兩難的選擇。因為家窮無依無靠，那個女孩的家裡不同意他們在一起，極力阻撓。可是那個女孩子不知出於憐憫還是真心的喜歡，有意違背家裡的意思，要跟他在一起。他受寵若驚，卻又自卑萬分。

「你不會真要我和你睡一起吧？」女人又問。選婆從這句話裡還是探尋不出她的真正意思。

問題是，選婆家裡就一張床。

52

「當然不……」選婆通紅著臉說。

可是還沒有等選婆把後面的話說出來，女人突然張開雙手朝他撲過來。選婆大驚，本想躲開這個突如其來的陌生擁抱，身子卻恰恰此時僵硬不聽使喚。原來是女人的手已經將他環腰抱住，女人身體的溫度像溫水一樣滲進選婆的皮膚。

女人的體溫像慢性毒藥一樣侵入選婆的皮膚，令他感到皮膚上的感覺神經漸漸麻木舒緩。

選婆警覺的心頓時提了起來，猛地一下甩開女人的手，跳至一旁，喘息著喝道：「妳！妳要幹什麼！」

女人也被選婆的舉動驚嚇不小，瞪著兩顆圓溜溜的眼珠，眼淚漸漸如涓涓的泉水一樣漫上來。淚珠順著漂亮的面頰滑落，飽含了委屈。

柔能克剛，眼淚是最柔的水。選婆看著女人一副楚楚可憐的樣子，頓時心軟了下來，語氣緩和甚至帶些愛憐地問道：「妳剛剛是幹什麼？」

「老鼠……」女人說，聲音中透露出些許驚恐，又有幾分嬌羞。她一手拉起選婆的手，一手又作勢環抱他的腰。房樑上果然傳來老鼠的「吱吱」聲，銳利的爪子劃在木梁上，發出尖銳刺耳的摩擦聲。

「有老鼠？」選婆擰眉側耳道，抬頭看看頭頂的房樑，由於太暗，看不見上面的老鼠模樣，只感覺自己的手被棉花一樣柔軟的東西纏住，像游動的水草，是女人的手。

他無法拒絕。

女人把頭點得像小雞啄米，水草一樣的手將選婆纏得更加緊，彷彿她是好不容易逮住一個溺水人的水鬼。

選婆被這死死纏住的手弄得不舒服，呼吸困難。他兩隻手直垂垂地被她纏住，貼在身體的兩側不能移動。他感覺到臉上有從女人鼻孔裡透出來的略帶香味的氣息，不禁癢癢的難受。在他看來，鬼應該是沒有氣息的，可是當時他確確實實感覺到了來自女人鼻孔的溫熱氣息，落在他的臉上如雞毛撣子一樣掃過。

立刻，他警覺的神經重新舒緩下來，像一頭發怒的牛終於被主人安撫下來，恢復了往日溫順的脾氣。爺爺對牛也有一套，特別是他選中的牛。當牛怒不可遏，紅著眼睛見人就鬥的時候，只要爺爺在旁低沉地吼一聲，發怒的牛立即放下蹄子低下頭，用堅硬的牛角輕輕抵住爺爺的衣角，溫柔地磨蹭。所以，村裡很多人在自家的牛老了，加上一些錢換小牛時總要找到爺爺做參考。牛販子將自己的牛吹得再怎麼神奇勤快也沒有用，買牛的人掏不掏錢全在爺爺的點頭與搖頭之間。

選婆也曾被另外一個長著一雙水靈靈的眼睛的女孩子這樣抱住過，也抱得這麼緊。那個女孩的手也是如水草一般纏住他，讓他透不過氣來。當然，女孩子的手不可能有這麼大的力氣，能讓他一個大男人透不過氣來。這都是他的心理作用，怪不得別人。

在面前怕老鼠的女人緊緊抱住他的時候，他想起了往事。

也是這樣灰暗的晚上，也是這樣孤男寡女，也是這樣的擁抱。不同的是那時的他還非常年輕，正是娶媳婦的好時光。不同的是那時的他還不用借酒消愁，那時的他對未來充滿了美好的想像，以為只要自己努力，就可以獲得美好的感情，就可以將心愛的姑娘娶進家門。

女人見選婆的眼光有些游離，使勁地將身子黏住選婆，用胸前柔軟的兩團壓住他：「你怎麼了？總是心不在焉的樣子？」

選婆低頭看了看面前黏人的女人，不但沒有被她的疑問喚醒，反而更深地陷入了曾經的回憶，那個有些激動有些緊張有些失落有些痛苦的回憶。如果不是此時此景如此類似從前，他根本不願再想起那些畫面，還有那時的心情。

腦海中那個女孩子也是這樣黏住他，他也感覺到了柔軟的兩團抵在了身上。不同的是那個女孩沒有像現在這個女人一樣問他，而是將小嘴湊近他的耳邊，悄悄道：「今晚就看你的表現了。如果你能將生米煮成熟飯，我爹爹想反對我們在一起也是不可能的了。」接著是調皮的一串銅鈴一樣的咯咯笑聲，充滿了期待，也充滿了挑逗。

這同樣是個兩難的處境。那時的他膽小，不敢做出出格的事情；可是另一方面，無論是從心理上還是從生理上，他都迫切希望擁有這個調皮的姑娘。

當時的他們倆在姑娘屋後的老山上，荒草叢生，遮天的大樹和過膝的雜草將他們與其他人隔成兩個世界。

農村的夜是相當寂靜的，躺在滿天星光下的他們還能聽見姑娘他爹的咳嗽聲，以及姑娘家那條老黃狗的吠叫聲。不過由於大樹和雜草的遮掩，他們將咳嗽聲和吠叫聲置之不理。他沉浸在她水靈靈的眼睛裡，沉浸在曖昧的星光裡；她沉浸在他血氣方剛的激情裡，沉浸在輕撫的晚風裡。

他受到了她的鼓勵，氣喘吁吁地除去了衣服的阻礙。她積極呼應。可是……

「你怎麼了？」怕老鼠的女人又問道。因為她看見選婆的眼睛裡呈現出絲絲的痛苦，臉也有些抽搐。她仍然不知道選婆的思想早跑到九霄雲外去了。雖然周圍昏暗，可是選婆的腦海裡星光閃爍不定。

女人沒有注意到選婆的拳頭緊緊地攥了起來，似乎想攥住早已過去的時光，好讓機會重來一次。

當他伏在那個女孩的身上時，拳頭也是這樣緊緊地攥著。不過那次緊緊攥著可不是希冀機會不要錯過，而是由於神經過於緊張，緊張到彷彿下一口氣都吸不上來。

這時，他的腦袋裡才呈現出這個女人，她說出的那句：「你找準鑰匙孔了慢慢擰進去不就好了？看你急的！這有什麼好著急的？」

53

他當時的心情也像剛才給女人開門一樣，複雜而激動，以致於哆哆嗦嗦的鑰匙怎麼也找不到鎖孔。

緊攥的拳頭突然如被針扎了的氣球，迅速地疲軟下來，如一攤稀泥一般撲在女孩子的身上，氣息也陡然平緩了許多。

底下的女孩子用皓白的牙齒咬破了嘴唇，選婆在她的嘴唇上舔到了鹹味。他雙手撐在壓彎的雜草上，俯身看女孩，只見女孩的表情如吃了黃連一樣，懊惱而難受。

「我，我，我……」他抬起一隻因撐太久而酸痛的手，配合著尷尬的表情，解釋說，「我是因為太，太……」他感覺臉上的某塊肌肉用力地抽搐，使他裝不出掩飾的表情。也是這塊抽搐的肌肉，使他放棄了解釋的勇氣。他的手擎在半空中，遲遲放不下。

「啪！」一個響亮的巴掌，震得月亮都有些顫動。其實月亮是不會因為這個巴掌顫動的，顫動的是選婆的眼睛，顫動的是選婆的腦袋。

女孩子雙手奮力一推，將選婆掀翻在地，自己爬起來摟起衣服，顧不上繫上衣扣子便哭泣著跑了。寧靜的月光下，留下選婆孤單一個人靜坐在雜草叢中，留下一個熱辣辣的感覺在臉上。選婆低下頭，愣愣地看著雜草叢生的地面，沉默得如一顆植物。植物在遠處的晚風吹來時還有沙沙聲，而選婆比植物還要沉默。

也不知道他這樣沉默了多久，村裡的第一個雞鳴聲在暗隱的地方傳來。選婆抬頭看了看天空的月亮。這個時候的桂樹比任何其他時候都要清楚。

選婆想，說來也怪，照道理水往低處流，可是為何偏偏自己低頭的時候眼淚沒有出來，抬頭的時候卻淚眼朦朧呢？此時，他的心臟如早先的拳頭一樣緊緊攥住，攥得生疼。他想，月亮上的桂樹就是自己呀，吳剛的斧頭次次都砍在他的心頭上，疼得要奪去他的命。

在天際只剩啟明星時，選婆才拖起兩條軟綿綿的腿，往家的方向走去。

沒過多久，那個水靈靈的姑娘結婚了，新郎自然不會是他。他站在村頭，看著一個紅彤彤的轎子將自己心愛的人接走。一路上鑼鼓喧天，熱鬧得很，人人臉上掛著好看的笑容。

從此以後，選婆戀上了酒。

那個嫁作他人婦的姑娘每次過年過節都會到常山來省親。選婆躲著躲著還是免不了碰到她。一個村子只有那麼巴掌大的地方，低頭不見抬頭見嘛。他發現那姑娘少了少女的幾分風姿，多了婦女的幾分風騷；少了少女的幾分純情，多了婦女的幾分刻薄。

迎面碰上的時候，她從不拿正眼瞧選婆。走過身之後，背後便傳來捂嘴的笑聲，還有好似有意又彷彿無意的一句：「他不行！」他頓時感到萬箭刺心。

時間是最大的魔法師，時間在指間一溜過，這個人跟原來那個人已經毫無關係，形同陌路。

傷心的人往往是時間沒有變幻過來的人，而被時間變幻的人是不會體會到這些傷心人的感情的。並且，誰也不知道接下來要被時間變幻的人是哪位。可是時間一直如一個頑皮的小孩一樣變幻著各種魔術，光怪陸離，滄海桑田。

選婆是時間忘卻了的人，自然也是受傷的人。他仍然掛念著那雙水靈靈的眼睛。時間忘卻了他，他也忘卻了時間。七八年的時間就在無聲無息之中溜走了，而他的心仍然駐守在原地，駐守在那片寧靜的月光中，駐守在那片荒亂的草地上，駐守在那片茂密的樹林裡。他不知道，也不願意知道，月亮會缺了又圓，草地會黃了又青，樹葉會落了又生。

月亮已經不是當初的月亮，草地已經不是原來的草地，樹林已經不是以前的樹林。他回憶裡的月亮、草地、樹林只能是發黃的照片一樣掛在牆上，藏在相冊裡。它不可能再一次出現在某個夜晚，不可能再一次出現在他的生命裡。

可是，他卻將這個晚上遇見的女人當作了又一次的開始，當作上天給他的一次補救機會。

「我怎麼會不行呢？」選婆在心裡狠狠喊道，「我行的！我行的！我要證明我是行的，不是她想的那樣！」

「你怎麼了？木頭人一樣？」女人見選婆一動不動，抬手拍了拍他癡呆的臉，身子仍緊靠在他胸膛。這時，屋頂上傳來幾聲烏鴉的鳴叫。選婆醒過神來，如做了一個長而累的夢。屋頂上的瓦「嘩啦」一響，應該是烏鴉展翅飛到別處去了。青瓦如魚鱗，一片一片摞起，很容易滑動。

屋頂出現一個小縫，是烏鴉扒拉的效果。外面的光透過這個小縫照進來，剛好打在女人的臉上。

「呃，妳睡這裡吧。我，我，我在堂屋裡擺兩條長凳就可以當床睡了。」選婆蠕動著嘴小心地說。他這個人就是喜歡在幻想的世界鼓勵自己，一旦意識到自己在現實生活中，便立刻軟弱下來。

「哦。」女人聽到選婆這話，黏著的手臂立刻鬆開來，語氣和臉上都顯露著些許失望和落寞。選婆的心裡也是空空的，不知道自己的話說得對不對，女人的一個「哦」字在他空曠的心裡來回蕩漾。

女人不再搭理他，彷彿變了一個人，快快的卻假裝興奮地走近床邊，拎了拎冰涼的被角，說：「挺乾淨的，好，今晚我就睡在這張床上啦。嗯，我要好好睡個覺了。」

選婆正要走上前來幫忙鋪好被子，卻被女人單手輕輕一推，力氣雖小，意思卻明確——你出去吧。選婆愣了愣，無奈轉身離開。女人隨即將門關上，門「吱呀吱呀」地響，彷彿跟選婆道別。

就在門即將合上時，選婆忽然回轉身來，雙手撐住正在關閉的門。

「喂。」他稍顯遲疑地對女人說。

54

「你還有什麼話要說嗎？」女人留出一個拇指大小的門縫，嘆了一口氣問道。她的手握在門沿上，隨時準備合上兩人之間僅存的空間。

即使夜已經這麼深了，也有許多的不眠人。除了選婆和這個女人，還有瑰道士和爺爺。瑰道士雖然控制著蘊藏巨大力量的紅毛鬼，卻擔心選婆是不是能得手。爺爺雖然有了姥爹手稿的指點迷津，卻擔心事情不按預備的情況發展。令他們都沒有想到的是，選婆居然喜歡上了這個女色鬼。

這個夜晚還有一個失眠人，那就是我。

我喜歡的那個女孩寫信給我說，自從收到我送的銀幣之後，她天天晚上做夢，夢到一隻狐狸。那隻狐狸站在暗處，看不清它身上的毛色，只看見兩隻火紅發亮的眼睛。

像先前我自己夢到帶刺的玫瑰一樣，我不明白這個夢的寓意。應該不是好夢，我當時只能這樣簡單地想想。

對於選婆來說，這個夜宿他家的女人未必就不是一朵帶刺的玫瑰，美麗而危險。

「你還有什麼話要說？是不是就是想跟我說個晚安，或者做個好夢之類的？」女人的語氣中帶著些許嘲弄。有些刻薄的女人就這樣，如果你不能滿她的意，她就會語中帶刺讓你也不好過。選婆能聽出女人話中隱含的意義——既然我剛才這麼主動都不給我臺階下，現在你也別想得逞。

選婆的雙手又一次失去了力氣。跟那個樹林中的夜晚沒有多少區別，剛開始鼓足勇氣實施的時候往往軟弱了。

門緩緩關上。選婆垂頭離開門口，在堂屋裡擺上兩條長凳，以手作枕，仰躺在長凳上。屋內傳來窸窸窣窣的聲音，女人也準備就寢了。輕微的腳步聲也聽得清清楚楚，彷彿每一步都踏在他的心上。

選婆猜測著一門之隔的女人此時此刻在幹些什麼。她躺在床上了嗎？她閉上眼睛睡覺了嗎？或者她也跟我一樣毫無睡意？如果她此時沒有睡覺，會不會像自己一樣一遍一遍地回想剛才的情形，會不會後悔那麼決絕地關上了那扇門？她會不會趁他不注意的時候偷偷將門打開，期待一線希望？

屋裡傳來「噹」一聲，選婆連忙從長凳上坐了起來，側耳聆聽裡面的情況。

選婆聽見女人輕聲地埋怨椅子討厭，原來是她不小心撞倒了椅子。他又聽見「噔噔」的聲音，女人把倒下的椅子立了起來。然後是一片寂靜。選婆沒有聽到床「吱呀吱呀」的聲音，也沒有聽到皮膚摩擦被單的聲音。選婆那個木床已經很老舊了，稍微挪動都會製造出有節奏的雜訊。

可是他沒有聽見這些聲音，是不是女人站在椅子前面一動不動了呢？她是在想什麼事情，還是故意等我的反應啊？選婆的心猶豫不定。選婆小時候實驗過，在一隻腳步匆匆的螞蟻周圍畫一個圈，那只螞蟻走到圈的圓周上時會猶豫不決，甚至被困在裡面一段時間，因為螞蟻的嗅覺被攪亂了。選婆覺得自己此時就是一隻迷途的螞蟻，不知道自己該不該突破這個圈，不知道前面要走的路是不是對的。女人剛才是故意碰倒椅子的嗎？故意造出聲音引我進去？她不好意思主動說明，只好藉這種方式含蓄地向我表明嗎？如果我此時闖入，她會欲拒還迎地接受嗎？

如果她確實是不小心碰倒椅子的，是我多心了呢？那我的莽撞進入豈不是相當尷尬？選婆的腦袋上彷彿長了兩個螞蟻一樣的觸鬚，小心翼翼如履薄冰地探索猜測面前的「圈」。

他小時候還做過這樣的事情，拿一些食物放在一個螞蟻窩邊，引誘裡面的螞蟻出來吃食搬運。然後，他將這些食物又移到另一個相近的螞蟻窩，引出另一窩螞蟻吃食搬運。這樣，兩窩螞蟻就因為食物的爭搶而打起仗來，死傷無數。

他的腦袋裡現在也分為兩個螞蟻窩，兩方鬥得難捨難分。這樣亂的思緒，他是怎麼也睡不著了。他又想起了那晚的月亮、草地、樹林，還有那個女孩。我不能再失去機會了，選婆告訴自己。

選婆的屁股剛剛離開長凳不到一釐米的距離，屋裡又有響動了。

女人的腳步重新在他的心上響起，一步一步走向床邊。然後是令選婆非常失望的被子摩擦聲。女人睡下了。不論剛才的碰撞是不是有意，可機會已經錯過了，再怎麼也於事無補。

選婆雙手撐在僵硬的長凳上，屁股久久不願再回坐到凳子上。斑駁的牆壁在夜色中若隱若現，自己如坐在深不可測的水底，孤獨而絕望。一時間，他恍惚坐在了當年那個晚上的樹林裡，默默地等待眾星散去、獨留東方的啟明星。

瞬間，酸甜苦辣一同湧上心頭。

「酒，酒……」他的手虛弱地伸向前方，彷彿溺水的人向岸上求救，「酒，酒，酒呀……」每當心頭有這個感覺的時候，他最需要酒的解救。

此時，他再也不想那麼多了，直接走到門前，伸出手敲了敲門。目的簡單了，思想也不會負重。甚至他的手指在敲門前沒有絲毫的畏縮，甚至有些武斷，不過力度很小。畢竟晚了，稍大的聲音鄰里都能聽見。

「幹什麼呢？人家已經睡下了。」女人在裡面回答道。

選婆已經顧不得那麼多了，也不解釋，抬起手接著敲門，篤篤篤。

「你幹什麼呀？這麼晚了，還不好好睡覺？」女人在屋內抱怨道，仍聽不見她起床開門的聲音。

「我要喝酒，酒在那個八仙桌下面。」選婆摸了摸鼻子。

「你用力推推嘛，門本來又沒有關上！笨！」最後那個「笨」字聲音拉得很長，頗有意味。

55

「笨！」奶奶頗為自以為是地責罵爺爺道，「你叫幾個小孩子幫你畫一畫不就可以了？一個人畫這麼多相同的東西麻煩不麻煩？」

奶奶翻看著爺爺桌上無數的黃色符紙，手指染上了許多沒有風乾的墨汁。奶奶剛剛闖進房間的時候，嚇了一跳。窗戶上，桌子上，凳子上，床上，都是黃澄澄的長紙條。長紙條上爬著長的細的曲的黑色蚯蚓。奶奶使勁兒揉了揉眼睛，才知道那些黑色的蚯蚓原來是未乾的墨水。爺爺的嘴也染成了恐怖的黑色。

「你不知道，我寫這些符咒的時候要面對哪個方向，心裡要想著什麼，嘴裡要唸著什麼，都是很有講究的。能叫一些小孩子來糊弄嗎？」爺爺回答道，手裡的毛筆仍然未停。

「我看就沒有什麼區別啊。」奶奶低頭查看一張張的符咒，雖然看不明白，卻禁不住好奇，仔細尋找各個墨蹟之間的不同。

「妳摸摸那張。」爺爺指著床頭一角的符咒說，臉上掩飾不住自得。

奶奶聽了他的話，漫不經心地去觸摸床頭那張大同小異的符咒。她的手剛接觸那張符咒，立即腳底安了彈簧似的跳了起來。

「哎呀，哎呀，是不是漏電了？我被麻了一下！岳雲，你快去檢測一下電線，大概家裡太潮濕，屋裡漏電了！」奶奶一手捏住另一手的手指，驚魂未定地喊道。

「妳不是白天說夢話嘛。」爺爺呵呵笑道，頗有喜歡惡作劇的孩子氣。「再有電也不能床上有電啊，電線都沒有經過那裡。」

「那，你的意思是這些符咒自身就有電？」奶奶驚訝地伸出綠色的指甲問道。奶奶每天都要出去割豬草，指甲常年保持天然的綠色。指甲內常年有用繡花針挑不完的細草絲，彷彿那個地方本來就是一片肥沃的土地，是草絲生生不息的養育地。在我還小的時候，有時奶奶工作累了，就喚我過去幫她挑草絲，用極細的繡花針，用極其小心的力度。

在不同的季節，奶奶指甲內的草絲也是不同的。春天的草汁液豐富，綠色總是染到我的手指上來，害得我晚上夢見自己的指甲內也生出青草來，在指甲與肉之間脹得難受。有時，我想著春天的土地是不是也有這種脹的難受，因為有好多好多的草要從地下伸展出來，然後茁壯成長。秋天的草開始乾枯，奶奶的指甲內多見黃色扭捲的黃色細絲。原來人的小小的指甲間也可以藏著豐富的春、夏、秋、冬！

「呵呵，」爺爺朝一臉迷惑的奶奶笑笑，又說，「妳再摸摸桌上的那些符咒試試。」這時，一陣風鑽過門縫跑進屋裡，掀起了符咒的一角。

「我才不笨呢，要我又挨電啊！」奶奶側頭看了看桌子上的一面黃色，不敢靠近。風能掀起黃色的紙，卻不能吹動奶奶的頭髮。奶奶老了，頭髮也像到了晚秋的枯草，活躍的風帶動不了它的興奮。

「哎，這些符咒是沒有電的。」爺爺笑道。

「我不信。誰知道有電沒電。」奶奶警覺地說。

「妳不信？那我先摸給你看。」說完，爺爺先將手按在了桌面的符咒上。奶奶蹲下身子抬頭看爺爺的表情，生怕他故意忍著，然後騙得她團團轉。

爺爺的臉上沒有一絲痛苦，微笑地低頭看看奶奶，示意她也來試試手感。

奶奶站了起來，步步小心地走到爺爺身旁，將信將疑地將手也按在了桌面的符咒上。

「咦？怎麼涼颼颼的？」奶奶對視爺爺的眼睛，問道。

「不電吧？」爺爺故意問。

「不電，不電。」奶奶笑呵呵地說。

「那個椅子上的是不是和這些又不同呢？」奶奶的興致被調動起來，主動感興趣地問爺爺。一邊說，一邊將大拇指的指甲掐進食指的指甲裡，摳出了幾條草絲。

「那當然了。」

「那椅子上的又是什麼樣的呢？」奶奶問，搓著一雙因勞作而趼子滿生的厚手掌。

「妳自己試試呀。」爺爺又拿起一張沒有寫符的黃紙，提起毛筆劃起來。那支毛筆就如奔湧不盡的源頭，將黑色液體連續地留在紙面。不一會兒，一張符咒便畫好了。

奶奶走近擺滿了符咒的椅子，步調輕緩，彷彿過年過節磨刀霍霍走近雞鴨那樣。符咒懶洋洋地掛在椅子上，靜靜地等待奶奶的靠近。走到椅子旁邊的奶奶又遲疑了，怯怯地問爺爺：「真能摸嗎？你別故意害我哦！」

「能摸！」爺爺乾脆而又不耐煩地回答，「又不是老虎的屁股，怎麼就摸不得？」他假裝專注於他的符咒，眼睛的餘光卻關注著奶奶的一舉一動。

奶奶的手朝椅子伸去，身子卻不由自主地往後仰，彷彿是去提一壺燒開了的水，生怕滾燙的水蒸氣噴在了臉上。

終於碰到了靜靜等待的符咒，奶奶迅速收回了手。爺爺的眉毛一皺，問道：「燙嗎？」

奶奶看了看爺爺，搖搖頭說：「不燙。」

「不燙你這麼快收回手幹嘛？還真怕我害了妳啊？」爺爺皺著眉頭不滿道。

奶奶抿了抿嘴，安心地將手按在了符咒上。

「什麼感覺？」爺爺放下毛筆問道。

「有點兒熱。」奶奶說，「溫度跟泡豬食的潲水差不多。」奶奶的比喻離不開她生活中經常做的那些農活兒。奶奶這樣的農婦眼光很難走出這樣的束縛。

「只是有點熱嗎？」爺爺探著頭問道，似乎他自己從未體會過這些黃色的符咒，而奶奶是他的第一個試驗者。

「好像比剛才還要熱些。要是豬食是這個溫度，喝著就燙嘴了。」奶奶誠懇地說。

56

爺爺點點頭，說：「你就別老想著豬食了。」

奶奶不滿道：「叫我別想著豬食？我還沒責怪你老不關心家裡的事呢！天天就知道跟鬼神打交道，鬼能養著你嗎？神能給你豬油，給你醬油味精嗎？」奶奶朝爺爺翻了個白眼，接著說：「不是我在家裡照管莊稼和豬雞狗，莊稼早就乾死了，豬雞狗早就餓死了。」

爺爺並不因為奶奶的這番話生氣，而是學著古人抱拳向奶奶求饒：「老伴呢，真是托妳的福氣啦。妳老人家立了大功勞！」

其實奶奶也並非真的生氣，聽了爺爺的話，反倒不好意思起來。

「你畫這麼多符咒幹什麼啊？」奶奶問道，「你最近不是閒得慌嗎？我看也沒有什麼人來找你呀。」

爺爺揮揮手道：「妳就別問這麼多啦，去煮妳的豬食吧。妳天天就操心欄裡那頭豬，哪來精力操心這些雜七雜八的事情咯？」爺爺的話說得有些刻薄，但是奶奶從來不以為這是譏諷她。奶奶認為農村家的婦女本職就應該這樣，天經地義的事情。

「我看，你是不是要插手女色鬼的事情？你不是說不插手的嗎？」奶奶猜測道，「你畫這些符咒是不是準備對付女色鬼啊？」

爺爺連忙丟下毛筆捂住奶奶的嘴巴。

奶奶奮力掙脫爺爺捂住嘴巴的手，毫不在乎地說：「你怕什麼怕？還怕女色鬼聽到了不成？它的耳朵能長到我們家的泥巴牆上來？」

爺爺解釋道：「它隨時可能在任何地方，妳能提防住它嗎？說不定就在窗戶外面偷聽呢！」

奶奶連忙降低了聲音，卻還倔強地說：「怕什麼？你怕，我還不怕呢！你父親不是鬼官嗎，他保護著我們呢。它女色鬼敢對我們怎麼樣！」她一面說一面踮起腳往窗外看，似乎女色鬼此時真就躲在窗下偷聽。

「不怕？不怕妳看什麼呢？」爺爺撇著嘴笑道。

奶奶探頭看了半天，沒發現什麼，轉過身來一本正經地問爺爺：「你這些字不像字、畫不像畫的符咒真能對付女色鬼嗎？我看就只是幾張經不起太陽曬、經不起雨水淋的薄紙，能有多大作用！」

「妳再摁住那椅子上的符咒試試。」爺爺朝椅子那邊努努嘴，示意道。

「剛才不是試過了嗎？沒有什麼呀。」奶奶不以為然。

「妳剛才摁的時間太短，妳摁稍微久一點試試。」爺爺說。說完，爺爺又拿起毛筆重新開始他的「創作」。

奶奶剛才試過了椅子上的符咒，此時根本沒有什麼警覺性，放心地將兩隻手都摁在了符咒上，眼睛還充滿疑惑地看著爺爺，不知道爺爺的葫蘆裡賣的什麼藥。爺爺側頭看了看奶奶，露出一個含意不明的笑。奶奶看見爺爺的笑，頓時心裡有些慌張，卻面不改色地假裝毫不在意地緊緊摁住黃色的符咒。

就在此時，只聽得「蹦」的一聲，一陣耀眼的火苗照亮了整個屋子。

奶奶驚叫一聲，慌忙將手移開椅子。因為符咒上的火苗已經如蛇的舌頭一樣突然竄了出來，意欲舔舐奶奶的手。火苗來得迅速，去得也飛快，一如兩塊石頭相撞碰出的瞬間火花。奶奶收回手再看去，椅子上已經沒有了任何痕跡。火苗不見了，發出火苗的符咒也銷聲匿跡，無影無蹤，彷彿從來就沒有存在過。

「咦？」奶奶摸了摸椅子上剛才符咒所在之處。「那紙就這樣燒掉了？像鞭炮的藥引似的，這麼快呀！」奶奶又看了看自己的手掌：「我的手也沒有燒傷燻黑呀。」

爺爺笑道：「如果妳是鬼，你的手就燒得沒有啦。呵呵。」一面說，一面禁不住露出得意之色，揮舞毛筆的時候也更加輕盈，起落如一只活潑可愛的蝌蚪。那只蝌蚪就在黃色的紙面跳躍，跳躍出更多的符咒。

「是鬼就燒掉手了？」奶奶捏著聲音問道，明顯不相信爺爺的話。

「是呀。這個火可不是一般的柴火。這個火可是……」爺爺停了停，「說了妳也不知道，妳還是不曉得的好。」

「我跟你這麼久，也見你畫過不少的符咒。可是從來沒有發現過這樣的符咒啊。原來你一直隱藏著這手絕技呀。」奶奶不但沒有因為爺爺的得意而生氣，反而隨著爺爺的情感興奮起來，說話的時候也手舞足蹈。

「可不是我隱藏妳。」爺爺說，「這是那個一直暗暗保護我們的父親告訴的。」

「我說你父親能保護我們，可只是開開玩笑而已，別把我真當成傻子了。」奶奶不樂意道，「他早已經死了，怎麼告訴你？」

爺爺笑而不語。

「難道，」奶奶伸出一個食指上下舞動，有話堵在嘴裡說不出來，「難道……」

「對！」爺爺輕快愉悅回答，忍不住眉飛色舞。有時，他們倆的交流不用把語言全部說出來，只需一個人說出其中的兩三個字，對方就可以知道後面要說的是什麼。

其實，奶奶早在沒有嫁給爺爺之前，就跟符咒有過很親密的接觸，所以對這些符咒不是很陌生。那個事情發生在奶奶的娘家。

不記得那次是閒聊還是給我講故事，奶奶曾經給我提到過，她的娘家地坪前面有一口老井。井口很小，卻深不見底。井水稍帶甜味，村裡的人都喜歡在這裡打水。再說，那時候也不是每家都有錢打個自家專用的水井，所以這口井自然而然成為村裡絕大多數人的生活依賴。

偏偏這個村子裡有個淘氣的小男孩，在一次放學歸來的路上故意蹲在井口上大便。這個小男孩見井口小，剛好將兩隻腳蹲在上面，跟自家的茅坑沒有多大區別，便做了這個小小的惡作劇。

可是這個小小的惡作劇卻使村裡人大傷腦筋。

57

那個小男孩自然少不了討父母親的一頓打，那時候的教育方式都這樣。我現在鼻子動不動就流血，也是歸功於父親有力的巴掌。

可是，打了孩子也不能把井裡的髒污打出來，村裡人一天也少不了井裡的水。孩子打也打了，罵也罵了，井裡的水還得大人們來清理。

幾十戶人家提著桶桶罐罐來到井邊，從井裡往外邊勺水。由於井口相當小，人多了反而不方便。桶與桶，勺與勺，罐與罐都磕磕碰碰，叮叮噹噹，好不熱鬧。

不過正由於井口小，水位下降得很快，不一會兒，人們在井口都夠不著水面了。於是，人們在井口上架起一個簡易的三腳架，三腳架上懸掛一個滑輪，用水桶吊水。那時候的人家幾乎用的都是沉重的木桶，很少有人用鐵桶，即使有鐵桶也捨不得在一般的場合使用，所以只要在水桶的底端加上一塊磚頭或者花崗石，水桶便不會漂浮在水面不沉下去。

大家提著桶底壓有一塊石頭的水桶輪流吊水，井裡的水位繼續飛速下降。兩三個小時過去，滑輪上的繩子便不夠長了。可是吊水的人要從井口向外跑幾分鐘才能將打到水面的水桶拉上地面。可見這個小小的井有多麼的深。上了年紀的老人說，自從他們出生以來，從來沒有見這口井的水乾過，即使大旱年間整個湖南的水田都乾裂得如枯樹皮，水稻乾死無數的時候，這口井仍然水源不斷，清甜透明。正是這口井，救活了居住在附近的百來條性命。因此有老人說這口井不是一般的井，而是通往洞庭湖龍宮的通道。

這個說法我是不能相信的，雖然我們住在岳陽，但是上高中之前見都沒有見過名揚四海的洞庭湖，更別說什麼龍宮了。雖然後來見到了洞庭湖，但號稱八百里的洞庭湖已經變成了縮小一半的四百里，並且渾渾濁濁，臭浪滔天。而這個小井裡的水乾乾淨淨，清甜爽口，怎麼可能是那樣的洞庭湖水呢？

不過老人們說這口井連著洞庭湖的龍宮，也許有他們自己的道理。接下來的事情就有些讓人向這個方向的想法靠近了。

吊繩加長了，可是加長的部分似乎是用不著。因為拉繩的人在手捏到兩條繩打結的地方便不能再往下放，桶已經打到水面了。沉悶的「噹」一聲從井下傳來。雖然因為吊繩的長度，吊水的進度慢了許多，可是一桶一桶地吊上來，漸漸也吊出來百來桶的水。

讓人奇怪的是，拉繩的人將繩放到兩繩打結的地方便聽到了令人失望的「噹」一聲。水無窮無盡地吊出來，可是井裡的水位似乎並不再因此下降毫分。

「媽的，我看這口井這麼小，原以為不要一個下午就可以把水吊乾的，現在太陽都下山了，水還不見底！」拉繩的人氣喘吁吁道。別看小小的一桶一桶的水，時間長了人也受不住，拉繩的人已經換過好幾把手了。

山邊的太陽似乎聽見了拉繩的人的話，以更快的速度沉入山的那邊，連晚霞都收得比平時早。提水的、拉繩的都已經累得不行了，甚至連站在旁邊觀看的小孩子都覺得站得腳酸了，慨慨地回家去了。可是，井裡的水位怎麼也不見降低，兩根繩打結的地方仍在同樣的高度停止。

眾人議論一番，決定今天先放下回去休息，明天接著做。放棄是不可能的，因為好多人的生活離不開它，淘米、洗菜、喝水、泡茶、洗臉、洗澡缺一不可。可是眾人都累得不行了，提議一出，大家各自回家。月亮已經出來了，清涼的月光打在每個人的身上，送疲憊的他們到各自的家門口。

當晚發生了什麼，誰也不知道，也許只有當晚的月亮看見了所有的變化。

第二天早晨，當大家再次趕到井口的時候，渾渾濁濁的水漲到了井口，平靜得如犁過的水田。不知大家見過農村犁過的田沒有，那種水的渾濁與眾不同，水與顆粒並不相溶。水是水，顆粒是顆粒，稍微仔細一點看去，水仍然是清清亮亮的，顆粒在清亮的水裡翻滾奔湧。

那個早晨，大家都看見了這樣的水。誰也不知道這些髒兮兮的顆粒來自哪裡。這種現象只有在雨後的池塘裡可以看見，然而頭天晚上明月當空，並無半點兒雨水降臨。

大家面面相覷，手足無措。大家都是自從出生起便只見這口井清波微蕩，從未見過這口井變成這副模樣。

「我說過了，這口井是連著洞庭湖的龍宮的，你怎麼也勺不乾的。」一個老人拈著下巴的鬍鬚說，「你們現在要把井水勺乾，惹怒了洞庭湖的龍王。龍王不給我們好水了，故意讓這口井的水變渾濁。」

大家都聽見了他的話，但是誰都裝作沒聽到，不發表任何反對的或者贊同的聲音。

就這樣，村裡人的生活一夜之間離開了這口小小的井。迫於無奈，有些家庭花了錢請匠工建起了私有的地下水井。而另一些人，則走很遠的路取小溪的水，放在家裡沉澱幾天後做生活用水。有時候急用卻偏偏沒有了水，有的人將就取了池塘裡的水甚至水田裡的水，然後抱著肚子痛苦地哼哼好些天。

後來，一個遠地的姑娘嫁到了這裡，她看見了大家用水的痛苦，也知道了這口小井的故事，便委託石匠在一塊拳頭大小的石頭上刻了一些奇怪的符文。

原來她是道士世家的女兒，從父親那裡學得一些符咒的知識。

在十五月圓的一個晚上，她帶著村裡所有本命年的人來到井邊。大家跟著她唸了一些祝語，然後，她一揚手，將刻有符文的石頭丟進井裡。

「咚」，石頭沉入了井裡，井水濺起來，將她的褲子濕了一層。

58

「哎喲，可別讓涼水濺到身子上了。」一個四十八歲的婦人在後面喊道，邊喊邊將井口前的女人往後猛拉。剛才水濺起的時候她不拉，有意在水濺到身上之後才反應。

女人見有人打擾她的法事，寧靜的臉立刻被憤怒填充，柳眉倒立，杏眼圓睜，轉過身來正要責罵，一見拉自己的婦人正是新婚丈夫的親娘，滿臉的憤怒頓時變為哀怨。她拉住婆婆的手埋怨道：「哎呀，婆婆，來之前不是跟大家說好了的嗎。說了我正在做法事的時候千萬別打擾我，要你們做的事情就是跟著我唸唸祝詞。您老人家怎麼就不聽呢？」

婦人並不自責，用力甩開兒媳的手，揮舞著說：「我不是心疼妳嗎？晚上的井水冰涼冰涼的，濺到了對妳的身體不好。萬一影響到了肚子裡的孫子怎麼辦？」婦人對在場的每個人掃了一眼，鄙夷道：「再說了，咱們家自己已經打了一口井，妳還何必來瞎湊合？誰要喝水誰自己來唄！」婦人說起話來如鞭炮一般劈裡啪啦，唾沫星子濺了兒媳一臉。

雖然這難聽的話不是這個年輕的兒媳說的，但是她在這麼多雙眼睛前面感覺到臉上火辣火辣的。斜眼看看這個人，又看看那個人，露出不好意思的笑容。

「法事做完了吧？」一個白髮蒼蒼的老翁問女人，見女人點點頭，便圓場道：「好了，好了，法事做完了，我們也就早點回去吧。新媳婦來我們村還不久，確實不應該難為她的。」

老翁說完偷偷瞄小氣的婦人一眼，見她仍拉長著老臉，便又說：「這是給全村人做好事，也是積德存福的事。肯定會保佑年輕媳婦生個好娃娃，老人家也會後望有福的。」

婦人這才展開笑臉，連連點頭道：「那是應該的，肯定生個好娃娃。」

這兒一說，年輕女人的臉更紅了。

老翁見婆媳之間和解了，便招呼大家返路回家。老翁做過很多年的趕鴨人，不但識鴨性，也識人性，就連招呼大家回去，也是張開了雙臂上下擺動，如同趕鴨子上岸。

大家一起離開井邊。走了十來步，老翁趕上年輕女人，有意避開婦人問道：「剛才被你家婆婆打擾，有沒有嚴重的後果？井水能恢復到原來那樣清潔嗎？」

年輕女人細聲道：「我也不知道。我從來只是看我爹做法事，自己親自動手的時候很少，經驗不是很足。」

「哦。」老翁點了點頭，不再作聲，踩著略顯佝僂的影子回到自己家。

老翁在半夜子時聽到村裡村外的雞叫聲。不只是他，村裡其他人都聽見了。

雞叫聲比以往早來了許多，並且叫聲很亂。打鳴的節奏很雜，雞鳴聲如浪潮，一會兒從村東跑到村西，一會兒從村南跑到村北，彷彿有人圍著村子偷雞，驚動了這裡或者那裡的雞群，又彷彿是村裡村外的雞們不約而同地舉行了一個有預謀有計畫的演奏會。

細心一點兒的人還發現這樣一個規律，在村東的雞群唱到最高潮的時候，村西的雞們則在喉嚨裡「咕咕咕」地嘀咕，像是在一起商量什麼。而當村西的雞群拉開了嗓子鳴叫時，村東的雞們又在喉嚨裡嘀咕。

正當村裡的人被這突如其來的雞鳴吵醒床上的夢，茫然四顧不知所措時，雞鳴聲忽然一下子就靜了，連「咕咕」聲都沒有了。

吵鬧突然過去，環境的安靜卻換來心裡的不安。村裡所有的人都躺在床上一動不動，連身子都不敢輕易翻。老翁、年輕媳婦，包括那時候的奶奶，此刻都雙眼睜開地盯著上空泛黃的蚊帳或者偏黑的床頂板，等待著後面會來或者不會來的東西。

這樣漫無目的等待或者盼望是痛苦的，誰也不知道雜訊雞鳴之後會發生什麼，或者什麼都不會發生。整個村莊達到了前所未有的寧靜，死一般的寧靜……

「叮。」

「叮叮。」

「叮叮叮……」

聽力敏銳的人首先聽到了屋頂上傳來的聲音。先是極其細微的，細微到幾乎聽不見，然後緩緩變大，再變大，但是略帶含蓄；接著變大，再變大，最後毫不含蓄，大大方方地響起來。

「叮叮噹。」

「叮噹噹。」

「噹噹噹……」

開始只有幾間房子的屋頂響，後來村裡一半的屋頂跟著響起來。

「下雨了！」不知是誰竭盡全力地喊了出來。他這個喊聲被許多睡在床上的人聽到。農村的夜太寧靜，也或許是農村的房子密封性太差，不是很大聲的喊魂都能被絕大多數人聽見：「娃兒呀，回來喲，天晚了，回家喲……」然後有屋裡的小孩子的聲音傳來：「我知道囉，就回來喲，就回來喲……」農村裡無數個黑色的夜晚，都被這樣悠長的聲音所充斥，甚至像水一樣滲入所有人的夢裡。所以更別說這聲竭力的呼喊了。

「下雨了，你聽，外面下雨了！」那聲竭力的呼喊彷彿碰觸了一個語言開關，許多床上的夫妻，或者未成年的兄弟，或者親密的姐妹都交頭接耳起來，議論不已。

而村裡的另一半人從窗口向外伸出了手，手掌心對著天空，並沒有接到一滴雨水。

月亮早在人們沒有發覺的時候偷偷溜走了。村裡所有的視窗都黑得如浸淫在墨汁瓶中，看不出外面的任何變化。對在農田裡工作了一整天的他們來說，這不過是個醒著的夢而已，無暇也不願認真辨別其中的真和假，幻覺抑或是現實。就像農耕一樣，一切都要按部就班地等到明天的太陽照常升起才說。

59

第二天一大早，年輕的媳婦在不驚動新婚丈夫的情況下，早早地打開了大門，發現青石臺階上的青苔濕滑濕滑的，如泥鰍的背，是昨晚的雨水走過的痕跡。

那個白髮蒼蒼的老翁也起了個大早，不過年輕的媳婦和他一個住在村東，一個住在村西。他在清早起來的時候，看見腳下的青苔從石頭上脫落，如蛇蛻下的皮一樣蜷縮。

他們兩個人是村裡最早趕到水井旁邊的人。老翁先到，年輕的媳婦慢了半步。

慢了半步的年輕媳婦從背後看著僵立井邊的老人，一頭的銀髮被微涼的晨風吹得翻飛不已，如同急於脫離植株的蒲公英，用米湯漿洗過的衣服發出獵獵的聲音。她低頭看了看井口邊上的草，一邊被昨晚的雨滴打得匍匐在地，一邊乾枯得如老翁一樣微微蜷縮。

「您也這麼早唷？」年輕的媳婦怯怯地向老翁打招呼道，語句裡也透著清晨的微涼，底氣明顯不足。

「唔……」老翁不知道背後來了人，被年輕媳婦突然的聲音驚了一下。「你昨晚也聽見了雞鳴和雨聲吧？是不是？」老翁的眼神像清晨臺階上的夜露一樣寒冷，年輕媳婦不禁感到一陣寒意，身上起了一層雞皮疙瘩。

理所當然，年輕媳婦昨晚也聽見了那些奇怪雞鳴和不期而至的雨水。老翁也不是有意要問年輕媳婦是否知道，而是為了引出自己後面要說的話來，就像那時的人見了面首先問一句：「你吃了嗎？」本意不是真的那麼在乎人家是不是吃了，而是引出後面要說的話。

一陣清風吹過，發出嗚嗚的低鳴。年輕媳婦畏畏縮縮，卻不敢回答老翁再平常不過的問題。

「聽，嗯，聽是聽見了。」她蠕動著單薄的嘴唇，以極細的聲音回答道。那聲音輕得彷彿要被剛才的風帶走。

老翁回過頭去看井，不說話。

「聽是聽見了。」她重複說道，「可是，那有什麼不對勁嗎？」雖然她知道這事顯然是不對勁的，可是她仍然存在僥倖心理。她心想也許這跟她的法事沒有任何關係。她探尋井口的視線剛好被老翁擋住，也許是因為老翁的衣服被清晨的濕草木沾濕，她聞到了薄薄的米湯氣味從老翁身上傳來，隱隱地勾起了她的食慾。她還沒來得及做早餐就趕過來看水井了。

「妳不覺得雞叫聲與以前有些不同嗎？」老翁雙手背在後面。年輕媳婦看不到他說話時的表情，不知道他這麼問有什麼暗示。

年輕媳婦想了想，說道：「比平時來得早了些。」其實是來得早了很多，而不是早了些，年輕媳婦心中忐忑，故意把事情說得平淡些。

她看見老翁點了點頭，然後老翁又問：「你知道昨晚的雨水與以前有什麼不同嗎？」又是這樣的問題，年輕媳婦心想道。

「有什麼不同嗎？」年輕媳婦反問道。除了雨聲剛好來在雞鳴停歇的當口，沒有什麼其他的異常啊。臺階上的青苔也沒見比平時滑溜多少。不過，雨聲剛好在雞鳴之後也可能是個巧合啊。

「咦？」年輕媳婦又低頭看了看井邊的草地，迷惑不解。

「怎麼了？」老翁雖這樣問，卻沒有轉過頭來看她一眼，似乎知道了她在驚訝什麼，並且對自己的猜測十分自信。

「明明昨晚下雨了，怎麼井這邊的草地枯黃，井那邊的草地濕潤啊？」年輕媳婦驚訝道，慌忙跑到老翁的前頭，單膝跪地去觸摸略微蜷縮的雜草。

這一跑動，井口就在她的眼前一覽無遺了。

她的手還放在蜷縮的草上，眼睛卻已經盯住了井口，死死不放。

老翁的眼睛也一直盯著井口。那雙歷盡風霜的眼睛少了年輕媳婦的驚恐，多了些憐惜痛心。又是一陣清風吹過，帶起絲絲的水氣進入年輕媳婦的鼻子，鑽入她的肚子，讓她渾身透著一股冷氣。

「這井水怎麼了？」年輕媳婦緩緩抬起觸摸草地的手，指著井水對老翁問道。

清風吹過的時候，將井邊的長草略略壓低了一些，更大範圍的井水被收入眼底。沿著草地的蜷縮與匍匐的分界線，井水被劃分為兩個部分，一半清澈透明，一半渾濁不堪。與地面所不同的是，草地的分界線是筆直的，而井水的分界線呈現出彎曲，連著整個圓圓的井口來看，九分神似一個規則的太極。

「我想，這跟妳的法事有關係。」老翁生硬地說道，「妳覺得呢？」老翁的聲音飄忽不定，聽不出來是批評年輕媳婦的過失，還是與年輕媳婦同一陣線的惋惜和自責。

年輕媳婦抬起頭來，眼內的淚水如活躍的源泉一樣湧出。眼淚從她臉上滑落，晶瑩透徹得如另一半的井水。

「哎……」白髮蒼蒼的老翁嘆了口氣，扶住年輕媳婦柔弱的雙肩安慰道，「算了吧，妳已經盡心了，這也不能怪妳，要怪只怪妳那小氣的婆婆。幸虧還有一半乾淨的水，總比沒有的好。」

此事之後，村裡人經常去這口小井裡挑水，只不過需要小心翼翼地避開那另一半的髒水。清潔的那邊水，仍然甘甜一如從前，喝了心曠神怡兩腋生風；髒的那邊水，則喝了就會拉肚子，如同瀉藥一般。倒是有人有時也故意用它來做瀉藥用。

但是從形成的那時起一直到現在，到了奶奶五六十歲偶爾回娘家看看，那口井水依然保持著兩邊分明的模樣。

可是現在，很多人都已經忘記了曾經有個年輕的媳婦在這裡扔過一個石頭符咒。原來那個年輕媳婦已經搬離了奶奶從小長大的那個村子，很多人像忘記石頭符咒一樣忘記了這個年輕媳婦，可是奶奶仍然清晰地記得她的模樣。奶奶給我們講起她時，仍能從眉毛說到鼻子，從鼻子說到嘴巴，仔仔細細，清清楚楚。

「好啦。時間差不多了。想繼續聽的，請明天晚上的零點時分來吧。」湖南同學擺了擺手。

我們像故事中的選婆一樣，既無限期盼，又只好壓抑著渴望等待下一個午夜來臨。

國家圖書館出版品預行編目資料

別出聲，小心吵到鬼 / 童亮著.
－－第一版－－臺北市：字阿文化 出版；
紅螞蟻圖書發行，2014.8
面　公分－－(每個午夜都住著一個鬼故事；3)

ISBN 978-957-659-973-6（平裝）

857.7　　　1030104628

別出聲，小心吵到鬼

作　　者／童　亮
發 行 人／賴秀珍
總 編 輯／何南輝
執行編輯／安　燁
美術構成／張一心
校　　對／楊安妮、賴依蓮、童亮
出　　版／字阿文化出版有限公司
發　　行／紅螞蟻圖書有限公司
地　　址／台北市內湖區舊宗路二段121巷19號（紅螞蟻資訊大樓）
網　　站／www.e-redant.com
郵撥帳號／1604621-1　紅螞蟻圖書有限公司
電　　話／(02)2795-3656（代表號）
傳　　真／(02)2795-4100
登 記 證／局版北市業字第1446號
法律顧問／許晏賓律師
印 刷 廠／卡樂彩色製版印刷有限公司
出版日期／2014年 8 月　第一版第一刷

定價 169 元　港幣 57 元

ISBN 978-957-659-973-6　　　Printed in Taiwan